主编 凌翔　　　　　　　　　当代著名作家美文自选集

吹过村庄的风

林四海 著

地震出版社

图书在版编目（CIP）数据

吹过村庄的风/林四海著.—北京：地震出版社，2019.11
（当代著名作家美文自选集/凌翔主编）
ISBN 978-7-5028-5089-0

I.①吹… II.①林… III.①散文集—中国—当代
IV.①I267

中国版本图书馆CIP数据核字（2019）第190352号

地震版　XM4461/I(5807)

吹过村庄的风

林四海　著

责任编辑：范静泊

责任校对：凌　樱

出版发行：地震出版社

北京市海淀区民族大学南路9号　　邮编：100081
发行部：68423031　68467993　　传真：88421706
门市部：68467991　　　　　　　　传真：68467991
总编室：68462709　68423029　　传真：68455221
市场图书事业部：68721982
E-mail: seis@mailbox.rol.cn.net
http://www.seismologicalpress.com

经销：全国各地新华书店
印刷：北京楠萍印刷有限公司

版（印）次：2019年11月第一版　2019年11月第一次印刷
开本：710×1000　1/16
字数：171千字
印张：12.75
书号：ISBN 978-7-5028-5089-0
定价：49.80元

版权所有　翻印必究

（图书出现印装问题，本社负责调换）

目 录

第一辑　遥远的故乡

父母爱情　002
静默如初的爱　005
麦香　009
一朵花的香　012
花开正盛却无语　014
丈母娘也是娘　017
我愿意是你最想盛开的花朵　022
你在他乡还好吗　025

第二辑　吹过村庄的风

女贞花开　030
天堂的微笑　033
老屋　038
父亲的手　041
火祭　044
吹过村庄的风　048
生如夏花　056
那一年，雪花漫天舞　060
风吹麦浪　063

第三辑　走在乡村的路上

通关　070

情系惠阳路　073

站在新年的门槛上　076

我的"瘦身经"　079

喜鹊的智慧　082

灿烂如初的笑　085

秋意何垛河　088

一路向西到我家　091

第四辑　在你的目光里缠绵

秋来鸿雁向南飞　096

"毛海"不是"毛蟹"　100

宽厚岳丈巧解难　103

来哥　107

生命有如一场雨　110

第五辑　舌尖上的记忆

河蚌炖豆腐　114

韭菜爆炒螺蛳肉　117

面鱼儿　119

母亲粽　121

年味　124

幸福就是一碗粥　127

山芋　130
荠菜　133
咸菜飘香　135
豆荚儿青青　138
野小蒜的味道　141
鱼刺小记　144

第六辑　开满鲜花的滩涂

每一个梦想都会开花　152
四月，迎接一场花事　155
花事新街　159
因为春暖花开　162
西溪组章　165
故乡新街　172
春风十里，只为温暖你　177
我的诗篇不只用来赞美
——读汪洋诗集《醒来》有感　180
少年弟子江湖老
——漫评《明朝那些事儿》中的人性　185
永不迷失的家园
——粗谈文学中的乡恋情结　190
知否知否，应是绿肥红瘦　196

03

第一辑　遥远的故乡

父母爱情

最近,父亲变得越来越唠叨了,这个改变与母亲有关。

去年秋天,母亲也成了"陪读"一族。我侄女读高三,母亲思量再三,决定要去照料她,给她煮吃的、给她洗洗衣服,甚至只是陪陪她,用她的话说:"孙女只有这么一次高三,我反正是个闲人,不如去陪陪孩子"。母亲一去就是一个星期的往返。

结果,父亲的生活就全乱了套。这不,天气降温了,父亲一人在家翻箱倒柜都找不到棉衣棉裤,电话打给母亲,母亲刚好去菜场买菜了没有带手机,又在路上与某个家长闲聊了一阵,回到租住的房子,发现手机上三十多个未接电话,都是父亲的。母亲也吓得够呛,不知道父亲一个人在家咋的了,赶紧回过去:"怎的,老头子?"父亲在电话中一顿抢白:"你去过快活日子,我在家受苦挨冻的,棉衣都找不到了。"母亲哭笑不得,在电话中指点他到哪个哪个柜子里可以找得到衣服,电话中啰啰嗦嗦一个多小时,最终仍然以父亲没有找得到棉衣棉裤,乃至加了两条秋衣秋裤来御寒才作罢。

其实这只是小事一件。父亲打电话向我告状的时候，我更多的宽慰他："孩子读书重要，也就剩这大半年的，坚持一下就行了，母亲租住房子照料孩子也不容易。"父亲也总会一一应允，临了又说："你母亲好像不太关心我了，全不顾我在家的生活怎么样。不过，话说回来，你母亲身体一直不强健，我就担心她到了陌生的地方会失眠。"我哭笑不得："少年夫妻老来伴，母亲跟着你大半辈子了，怎会不管不顾你？"

才撂下父亲的电话，母亲的号码又打进来："老头子又向你告状的吧？他不晓得我在外面照料孩子有多苦，一日三餐的，孩子放学回来的片刻如同打仗似的，我在陌生的地方又睡不着，还要担心他一个人在家，从来不会做饭，一天三顿怎么办呢？"我又宽慰母亲："这么些年没分开过这么长时间，他什么事情都依靠你习惯了，突然之间肯定有不适应，慢慢就好了。"

挂断电话，我知道，其实父亲母亲都在相互牵挂着。家中就那么大的地方，父亲能找不到自己的棉衣棉裤么？父亲又不是小孩子，母亲还在担心他一天三顿的伙食。印象中，父母亲从来没有像近年来这般吵闹过，吵闹的有些像小孩子淘气一般，但凡找我告状的都是鸡毛蒜皮的事情。

年轻的父亲很帅气，即使是作为知青下放改造期间，一双两节头的牛皮鞋整天都是一尘不染。用母亲的话说，当年父亲梳着小平头，穿着蓝色涤卡中山装，骑个二八杠的凤凰自行车，在小镇上是相当的拉风呢，成天都有一帮知青围在他的身旁。我不止一次地问过父亲怎么会娶上母亲的，"眼缘呗！"日渐年迈的父亲不太善于表达自己的感情，总要磨叽半天才嘟哝出一句来。母亲性格外向，立马表现出一脸的委屈："我亏了，我亏了，他有初恋呢，不过，不是我。话说回来，我给你生的两个儿子是不是都有出息？"每到这个时候，父亲就憨憨地挠挠头："都陈年烂谷子的事情，你还拿出来说？"

父亲的初恋无从打听。不过，父母亲相伴着一起风风雨雨四十多年，竟然也就这么过来了。母亲说的"亏了"，我也从没有帮他们去衡量计算一下究竟是谁"亏了"。母亲出身知识分子家庭，我一直纳闷知书识礼的她怎么会嫁给一直从事商业的父亲。不过，有些事、有些场景深深的镌刻在我的脑海中：年轻的时候，母亲做好了饭菜，只要父亲没有到家，全家人都不会动筷子的，一直要等到父亲自行车的铃声响起，母亲才会招呼我们吃饭；现在，尤其在饭桌上，当患有轻微帕金森综合征的父亲手无法夹起菜肴时，母亲已经早早地在他面前的小碗里盛满了各式各样的菜，然后侧过脸看着父亲一口一口地吃，满脸的自豪感。

"告诉你爸，别成天叽叽咕咕的，我周五下午就到家。"母亲有些急躁地挂了电话。而此刻，我能想象到，每到周五的时候，父亲总会支着那辆已经破旧的自行车早早地守在公共汽车站台，等待着母亲一起回家。

年迈的父亲已经不敢骑车带同样年迈的母亲。不过，那两个相互搀扶着行走的身影，却将村子里的路拉得很长很长！

静默如初的爱

夜里睡眠不好，怕被打扰，手机就调成了静音。晨起后忘记了调过来。到单位后才发现手机上面有五个未接来电，全部是母亲打来的。

赶紧回过去，却没人接。我已经习以为常了：自从母亲有点耳背以后，很少打电话她立即就能接听的，都是过后才回给我。但是仍不放心，又打给父亲。父亲在电话里说应该没得大事，有事我就打给你了。估计是你中秋、国庆都没有能够回来，你妈有点想你了。

才搁下父亲的电话，母亲的电话就打进来了："你打电话给我的啊？"母亲的声音很响，响得我的手机听筒都有点"嗡嗡"的，她自己有点耳背了，也生怕别人听不见似的，平时说话的声音越来越高，初听不明白的都以为她在跟人吵架似的。

"不是你早上打给我的吗？"我在电话里也大声地跟她说着，"我才打给父亲了，他说你没事打了玩的。"

"嗯呢，"听得出来，母亲在电话那头爽朗地笑了，"看你好几天没得电话回来，就打个电话问问的，你哪耳朵也不行了的？我打了好几个你都没有接。"

"不是的,我晚上睡觉调的静音,早上没有调过来,就没有听见。"我倒是有些细声细语地宽慰着她说。

"哦,是这样啊,我还以为你也遗传了我耳朵不好使的毛病的,刚才我在门口挑青菜的时候还在想,要嘱咐你去找医生看看耳朵的。没事就好!没事就好!我也就是问问罢了,有空就回来拿点蔬菜带过去。"电话那头的母亲容不得我插上一句话,机关枪一般大声说个不停,"没得事,我在家没得事,挺好的。你就安心上班,我挂了啊!"

没等我再说上半句,电话那头已经传来了"嘟嘟"的忙音,母亲说挂就挂掉了电话。

放下电话,一种莫名其妙的情绪顿时浸润进了我的心头,让我觉得鼻头酸酸的。由于生活和工作的多重压力,再加上孩子上中学了,要起早贪黑的接送孩子,我都已经三个多月没有回老家了。我知道,母亲是真的想我了。

从前,母亲说话一直是轻声轻气的。她总是教育我这样一句话:有理不在声高。生来,母亲的腔调在我听着,不啻是生命中的天籁之音。

母亲兄弟姊妹六个,她排行老末。虽然不是出生在书香门第,但哥哥姐姐们都读过书,算得上是文化人。等到了她读书的年纪,外婆、外公相继过世,她跟着大哥、小哥辗转多地,书就读得不多。但做教师的大哥、小哥家庭的熏染,却让她说话做事都分外得体,与人相处言辞和善。与父亲结婚四十四年,从未见她与公婆、弟妹们有任何高声、口角的时候;包括村子里的人都说,相处这么多年,从来也没有与母亲红过脸。

母亲的轻声细语,一直刻在我的脑海最深处。小时候的夏夜,农村蚊虫较多,我和哥哥早早洗过澡就躺在门前场地的竹床上乘凉,母亲在一边为我们摇着蒲扇,一边哼着不知名的曲儿,在略带花香的夜风中,听着母亲婉转的歌儿，在漫天的星星闪烁下，很快就能沉沉睡去。梦呓中，仍依旧徜徉在一片温暖的歌声中。父亲说，那是母亲怕我们着凉，又怕惊醒我们，不停地哼着歌儿将我们弟兄俩一个一个地抱进屋子里的床上。就连在学校，受到了别的同学欺负，回来向母亲哭着诉说。母亲也会很怜爱地摸着我们的头："小小男子汉啦，不能哭鼻子哦！"母亲安慰的话语，像春天里暖暖的风吹拂过心田，所有的委屈都在母亲细声细语的爱意里消散。

就这样，在母亲的轻声细语中长大了。时光的流逝有时候真的仿佛就是一瞬间的事儿，快捷到我都记不起来母亲什么时候开始说话大声起来。

那个秋色渐浓的傍晚，回到老家的时候，堂屋和厨房里灯火通明。我连声在门口喊了几声，都没有听到母亲熟悉的回应。急促促地奔进厨房的时候，只看到一个已经驼背了的身影在锅灶前忙碌着，白炽灯下，灰白的头发赫然入目，我在后面轻声叫了一声"妈！"母亲这才恍然一下子转过身，丢下手里的锅铲，大声地说："你回来了啊！你看我这耳朵，全听不见了，什么时候回来的？"

母亲的声音有些嘈杂，嘈杂得我的心陡然间好像被一双手揪住了一般隐隐有些疼痛：难道，母亲真的老了？

晚饭过后，娘儿俩坐在门前的水泥场上，屋里，劳作了一天的父亲已经传来了淡淡的鼾声。我和母亲有一句没一句地扯着我的工作、生活、孩子。母亲一如既往的侧着头听着，偶尔笑着，冒出一句跟我说的话题毫不搭界的话："人老了，全不中了。"我有些哭笑不得，只好把刚刚说的话再次重复一遍，她这才会心地笑了，大声地对我说："还是不晓得你说的什么。不过，你放心，我在家没得事，没得事，你安心工作，有事我就给你打电话！"

忽而，又从口袋里掏出手机给我："你帮我看看，手机是不是坏了，要不要换？声音一点都不响，我都不晓得你们打电话，总要隔个半个小时就拿出来看看，生怕你们有事打电话我接不到。"

其实，我知道，她的手机是上个月嫂子才给她新买的那种老人手机，声音很响亮的、在几十米开外都可以听见的那种，自从她有点耳背之后，嫂子已经给她换了四五个手机了。我不知道说什么好，只好冲她笑笑："才换的呢，应该不得坏。"

母亲也笑了，笑得有些腼腆，声音也恢复到往昔的那种柔声细语状："唉，我也晓得，还是耳朵不好使了。别的不怕，主要就是怕你们的电话我接不到。"

"没事，真有急事我打电话给爸，他能听见的。"我宽慰她说，又觉得自己说的话中就有什么地方不妥，不敢再说下去。

母亲仿佛听见了我这句话，叹了口气，不再有任何话语。

皎洁的月光如同夜色下的霜白一般铺满了门前水泥场地的每一个空隙，清辉的风从乡村的枝头上掠过，有些"呜呜"作响。而母亲，侧着耳朵端坐着陪我，静默如初！

麦香

路过二叔家门口的时候,二叔正在门口的水泥场上扬场,金黄色的大麦颗粒被他用木锨铲着向天空抛去,划出一道漂亮的弧线,麦芒儿、麦穗皮等的碎片在风中飘走,麦粒窸窸窣窣的掉下来,撒的整个场上都是。场的另一头薄薄的码放着刚从田间拔出来的蚕豆秆儿,豆荚已经变成了黑色的,二婶弯着腰在挨着次序翻着豆秆,把潮湿的一面朝天。养了十多年的老黄狗悠闲地趴在场边的树荫下,微眯着双眼,看二叔一下一下地扬场,一阵风儿扑面而来,浓郁的麦香弥漫了整个村子。

见我路过,二叔的板锨顿时停下来:"娃儿,回来了啊?上来歇歇脚啊!"摸索着从兜里掏出一包皱皱的香烟,还是十多元的红南京。二叔用皲裂的手费劲地抽出一根递给我:"还是上周去帮挖树做小工的时候人家老板给的,呵呵,没舍得抽呢!""那你也抽一根!"我举着打火机伸到二叔面前,"呵呵,算了,我抽不惯这种烟,没劲儿,我还是习惯大白鲨。"说着,二叔从另一个口袋里掏出一根烟,点上,美美地深吸了一口。大白鲨,就是那种三元一包的劣质香烟。"二叔,日子又不是不好过了,也别太省着,抽烟也别抽太丑的,越是低价的烟,对身体伤害越大。""呵呵,习惯了,习惯了。对了,晚上不回去了吧?要不,晚上来陪叔喝两盅?""我?"原本计划好晚上是要回城里的,几个铁杆儿约好晚上喝酒K歌,望望二叔期盼的眼神,我有些不忍拒绝,也罢,许久没有回来陪二叔了,"好,今晚来,我明天早上走。"

因为留住了我,二叔有些得意地笑起来,"琴儿她妈,侄子晚上来吃饭,你打电话让丫头和女婿也回来陪陪她哥哥吃顿饭。"二叔是叔伯辈里相貌和我父亲最相似的,憨笑起来的眉宇之间,满是父辈的骄傲与怜爱。我小时候有一段时间是二叔带着生活的,母亲因为治疗血吸虫去了外地,父亲跟着去照料,就把嗷嗷待哺的我丢给了二叔。那个时候二叔和二婶刚结婚,还没有自己的孩子,我刚刚断奶,日夜号哭。二叔为了带好我,想出了不少土办法:白天,把椅子侧倒在地上,将我放在四面有围杆的椅子中间;晚上,用绳一头系在我身上,一头系在他的胳膊上,我只要一翻身,二叔就醒了。二叔幼时因为患小儿麻痹症,双手十指肌肉逐年萎缩,如鸡爪一般蜷着,随我爷爷奶奶下放的时候,还能凭着力气弄了个拖拉机开开,帮人家拖拖东西,再弄个脱粒机,机玉米、打麦、耕田,都干过,直到我两个妹子相继出嫁,他才算松了一口气,但是他那年轻的身板不再,腰都开始微微地驼了。

晚饭很是丰盛,我到厨房帮助端菜的时候,二婶偷偷告诉我,二叔下午就早早地收了工,上街买菜去了,逢人就说:"我侄子晚上来家吃饭,我带大的那个侄子,我到街上买菜去。"我能想象得到二叔对人说这番话时骄傲的姿态,因为他一直把我当成他的骄傲!席间,酒过三巡,二叔的话渐渐多起来:"现在年景好啊,侄子你没的印象了,当年带你的时候,你刚刚断奶,又是青黄不接的四月份,你天天把手含在嘴里哭,唉,粮食也接不上啊。不过,现在都好过了,我们农民佬儿的日子也好过了,今年我的收成相当不错。"我有些泪眼迷蒙,二叔说的这一段往事,在我后来成年懂事的每一年中，母亲总会告诉我听：刚断奶的我因为没有细粮吃，二叔半夜起床偷偷到生产队的责任田里去抹刚刚灌浆的青小麦粒，回到家里把青麦粒再用他那双佝偻的手，几乎是一粒粒慢慢掐去麦芒，然后放在锅里炒熟了，再放到石磨上慢慢碾碎，用开水冲了喂我。刚结婚的二婶怀上了，嘴馋得也要吃，就冲了半碗喝了，被二叔回来知道后，铁青着个脸盯着二婶半晌不吱声，要吃人似的，吓得二婶再三保证不会再吃我的细粮，才作罢。

我知道二叔的情结，原在于农村所说的"侄子是半子"的说法。二婶接连生了两个女孩，用农村的眼光看待，二叔一直觉得低人一等。因而，他把他所有的爱都转移到我的身上，只是，他不会用语言去表白，他不会明明白白地说出来。

离开二叔家的时候，二婶硬塞给我一个布包，我以为二婶又装上了什么好吃的给我，推辞着说："城里什么都能买到，留着你们自己吃。""不是，是大麦糁子，你叔下午才去新磨的，新上场的大麦，香着呢，带到城里熬粥喝。"

我打开一看，半袋子白花花的大麦肉粒，粉粉的、嫩嫩的，一阵奶茶般的浓郁麦香在我面前弥漫开来，回头望望依然坐在桌边小酌的二叔，屋前空旷的田野里有风吹过，麦秆儿青涩的味道钻入我的肺里，刹那间，有咸咸的泪珠滑过脸庞。我知道，我再也离不开眼前的这片土地，这片生我养我的土地，这片充满着麦香的土地！

一朵花的香

远方，早早跳出东方的月亮害羞地躲在绰约的树梢背后。开阔的田地里，收割机轰鸣着在田野上来回穿梭。他一屁股坐在反扣在田埂上的大锹柄上，扯过一朵蒲公英花送进嘴里，肆意地嚼了起来。顿时，蒲公英花特有的药草香味儿弥漫在他的每一个毛孔里，好久没有享受过这样惬意的时光了。

田地的另一头，十几个帮工正有条不紊地将新收割脱粒的麦子打包往卡车上装，很快车厢就铺满了堆得像小山似的麦包。看着这场景，他长吁了一口气：如果今年还死守着过去的那几亩地，将何去何从？他有些不敢想象。

七八亩田地的麦子啊，当他从粮贩子鄙夷的眼神里接过十几张钱钞的时候，还是小心翼翼地装到了贴身衣服的口袋里。种粮好像越来越没有活路，扣除农药、化肥等各种成本，几乎每卖一次粮都像是在卖血。出门打工的叔伯兄弟多次劝他不要再种田了："进城搬砖也比你种田要强！"

临了真要出门，回头看看供在家神柜上父亲的遗像，他又缩回了脚步。父亲的话让他念念不忘："地就是庄稼人的命根子，离开地，还算什么庄稼人？"可这眼前粮价与家里嗷嗷待哺的几张脸孔，像田野上凌乱飞舞着的塑料薄膜，裹得他有些喘不过气来。是死守庄稼人的个性还是出去闯一条生路？内心的憋屈，在很多个时候甚至让他感到一种绝望。

希望，就是从去年那个憋屈的夏夜开始的。他苦恼地坐在田埂上，扯着一根蒲公英在嘴里无聊地嚼着，蒲公英的苦涩漫过他的咽喉，再火辣辣地流进胃里，呛得他剧烈地咳嗽起来，就在一阵的咳嗽中，他脑袋里闪过村广播喇叭里刚刚说过的一个词"土地流转"。

他发现新大陆似的"呸"的一声吐出了嘴里的蒲公英残渣，终于听明白了：是啊，村里外出打工的人越来越多，好多田地都荒芜着。他掰着黝黑的指头掐算着：一旦种粮面积大了，就可以机械化种植，不仅可以节约种地成本，而且有了粮食囤积，粮贩子就会自动找上门，那时候粮价就不是粮贩子说了能定的了。

庄稼人做事历来是风风火火的。签合同，付钱，收地。整整一个秋天，他就流转到了村子里百分之四十的粮地。秋末撒下去的麦种在经历一个严寒冬天的洗礼后，总算给他长了脸，一个个争先恐后长成了绿油油的一片。先是由低到高，再是沉甸甸的麦穗压弯了麦秆，再后来麦秆儿由青变黄，直到今天收割入仓。

月亮已经退去了最初羞涩的红艳，变得雪亮雪亮的。兜里的手机铃声一直响个不停，不用说，肯定是那些粮贩子打来的。他有些得意地笑了："一群没心没肺的家伙，就不接，让你们也着着急。"

想着，他又扯过一朵蒲公英花，不过，这次他没有再放进嘴里，而是将鼻子凑过去轻嗅了一下，蒲公英花香直沁心脾，甚至，还夹杂着淡淡的麦香。

花开正盛却无语

都说"男人四十一枝花",爱民说自己是一朵狗尾巴花。

憨憨的爱民刚刚从田里劳作回城,裤腿上还沾着一棵狗尾巴草,青青的草茎、绒绒的花穗,以及几点已经干了的泥巴,十分惹眼。这打扮哪里还有平时在县级机关里舞文弄墨的半点文艺范儿?"我本来就是个农民!"爱民瓮声瓮气的回答。

也是,进城快十年了,每到周末不加班,爱民大清老早的就会乘上第一班回乡下的中巴,火急火燎地回去。其实,家里已经没有什么值钱的家什了。空荡荡的房子里,除了安放着一张木板床,床的周围整齐地摆放着钉耙、锄头、大锹、扁担等,但凡像样的家用电器等,早已经在十年前被爱民搬到了城里的家中。

老家,牵挂着爱民的,是他父亲留给他的六亩薄田。

爱民并不喜欢种田。当年高考落榜后,爱民先是在大队部做兼职通讯员,后来又被乡里抽调去搞宣传报道。世代为农的父亲看着他挎个包、抓个笔记本在手里,成天走村串户地采访,就十分来气:"秀才不像个秀才,士兵不像个士兵,你写那玩意儿能当饭吃?"

木讷的爱民也不辩解,随手抄起锄头就去责任田里"吭哧吭哧"地锄草,锄得干涸的尘土到处飞扬。地面被薅得深一块浅一块的,父亲气得直摇头。劳作间隙,赤膊的乡邻就逗爱民:"哟,这不是我们村的秀才嘛,穿得这么整齐来薅草啊!"

大家一阵哄笑,爱民脸上红一阵白一阵的,闷不作声。于是父亲就在一旁着急:"三棒杀不出个闷屁出来。你说你有什么用?走走,赶紧回去,不要再在田里给我丢人现眼的。"

爱民"哐啷"一声扔下锄头,抓上自己的采访包骑着自行车又出去了。

时间不紧不慢地流淌着。爱民先后成家、哺育孩子,偶尔也会到田里去张罗上一阵,过不了多久,就又会被父亲呵斥回家:"三十多岁的人了,整天不务正业,哪像个种田的样子?"

呵斥归呵斥,爱民知道父亲刀子嘴豆腐心,那是舍不得他在田间日晒夜露的。

"种田苦啊!你这么在家里也不是个事儿,孩子也快要到入学的年龄了,我与你母亲商量了,这么些年我们也有一点点积蓄,给你们拿到城里去买套房子吧,唉,也只有这条路才能让我的孙子辈不再种田了。"父亲巍巍颤颤地拿出布包着的几张陈旧的存单递给爱民,不想却飘落下一张崭新的纸,父亲想要去抢,爱民却早已瞟到了纸上的内容:胃癌晚期诊断书!那七个字像一把横着的刀,一下一下地剜进他的心里。

爱民拿到城里房子钥匙的时候,父亲已经看不到了。爱民同时拿到的,还有县里的一纸正式调令,由于他文字功底深,县里决定将他调过去做秘书。

迁户口时,爱民看着悬挂在堂屋里父亲的遗照,犹豫再三,撕碎了自己的户口迁移证,因为户口还在家中,父亲的六亩责任田顺理成章地承包给了爱民。

　　有好事者不解：你都进城了，还要这田干什么？爱民笑而不语，转身扛起锄头去了田间。

　　田头上，一棵棵狗尾巴花正盛开着，无声的摇曳在乡村的风中，像极了爱民曾经用过的写大字的毛笔，绒绒的、柔柔的，有刺但不扎手。

丈母娘也是娘

"我还是有点紧张!"好不容易才躺在检查床上的她,又直起身子拉着我的手不肯松开。

"妈,没事,很快就好的,我就站在这门外,又不是做什么手术的,不就是做个核磁共振?很快的,放心好了。"我像哄小孩一般的哄着她松开了手,看着护工把她推进了核磁共振室。不一会儿,站在隔离门外的我就听见了里面响起了"刺啦""刺啦"的金属般声音,不知道为什么,这个跟我毫无血缘关系而我又叫她"妈妈"的人,刹那间透过玻璃窗投过来的无助的眼神,竟然让我感到了一丝丝的心疼。幸好,十几分钟的检查很快完毕,当隔离门打开的那一瞬间,我还是不由自主地冲了进去,她起身穿鞋一直到走出检查室门外,一只手始终抓着我的衣襟不放:"你看看,我说没的事的,你非要我做这个检查。唉!老了,不中用了,给你添麻烦了。"

我宽慰地拍拍她羸弱的后背:"妈,没得事才好,做个细致的检查总归放心。"我去取车,让她站在原地等我。走了几步,不经意回头,看到她依着我的话站在原地一动也不敢动，任身边的车流、人流来来往往，瘦小的身躯在晨曦中越发地佝偻，看得我心中有点酸酸的感觉。不知道从什么时候起，那个在我眼中曾经非常强势、唠叨、精明甚或有些愚昧的她，竟然让我像哄一个小孩子般地哄着她了。

从前的她不是这个样子。

她从小兄弟姐妹多，家境又不好，作为老大的她，没有读过多少书，平时不仅要带头操持家务，还要保护自己的兄弟姐妹不遭受外来的伤害。她这种嘴上不饶人的性格一度让我很反感，不过，因了她是我妻子的母亲，哪怕就是偶尔她对我出言不逊，我待她表面上也一直是客客气气、相敬如宾。我和她女儿成亲后，我从宽厚的岳父那里听到她评价我的就是"个子太矮了，与我家丫头不般配，不过是个小教师，没钱没钞没家产的、可委屈我家丫头了"等等之类。

妻子生孩子的时候，由于我母亲生病，我打电话向她求援。她在电话里跟我说："家里大大小小的牲口，还有七八亩田，我也要生活！我帮你带孩子，你开工资给我啊？"然而，第二天早上，她还是满裤腿泥巴地来到了我家。来的最初几天里嘴里一直念叨着："没有享到女儿女婿的福，还要跟着你们受苦！"念叨归念叨，外孙夜里啼哭、整夜不眠，我因为白天上班工作累，开始厌烦这个刚降生时还爱不释手的"小天使"。还是她，一听见孩子哭，卧室的门也不敲就直接推门进来了，全然不顾我惊诧的眼神，从我手里好像抢似的就把孩子抱在怀里摇着、晃着，哼着不成调儿的不知名目的曲子，直到哄孩子入睡，又嘱咐我写上"天皇皇、地黄黄"的纸条，催促我半夜去贴到桥头上。待我早上醒来，大半夜未能安睡的她已经在厨房里做好了产妇和我的早饭，缺少睡眠的眼睛布满血丝，嘴里还是不依不饶："你赶紧吃完了去上班。唉，我这条老命怕是要被你家这个儿子折腾得送终。"说归说，第二天依旧如此。带外孙一直带到会走路，岳父一个人劳作的七八亩田荒芜了大半，她气得到处逢人说：“我这辈子亏大了，丫头帮人家养了个儿子，我是帮人家带了个孙子，啥好处都没有捞着，还荒了自家的田。"

待我进城，她的牢骚越发的多了："养儿防老。我就指望姑娘在我身边养老送终的，这下可好，彻底指望不上了。"我和妻子、孩子隔三岔五回去看她。她嘴上说心疼来来去去的车费："一家三口来回一趟就是几十块钱，要回来做什呢？我又不曾老得不能动，回来还要烧啊煮地弄给你们吃，不然我跟你爸两个人在家随便吃点就行了。"不过，已经从厨房考察了一番的儿子偷偷附在我耳边说："外婆早就已经准备好了很多的菜了啊，还买了你最喜爱吃的手工豆制品。"吃饭时，她好话没得好的说法："发劲的吃，你们三人一走，我跟你爸两个人剩菜要吃好多天，吃到最后都糟蹋了。"我一边听着她的唠叨，一边用碗接过她一大筷子、一大筷子夹过来的我最喜爱吃的菜，看着妻子窃笑的样子，很有幸福感地品尝着。

过几天，岳父打来电话，说老两口子在家里吵架，不善言辞的岳父吵不过她，两个人吵到了要过不下去的地步。我放下手里的事情火急火燎往回赶，到家一看她忙前忙后地在院子里收拾，一副啥事也没有的样子。岳父被她气得躺在床上。细问岳父缘由，原来她认为田里长果树不值钱，三番五次要岳父把果树挖掉，改换成种植风景树，收拾整理了数十年果树的岳父舍不得，就没有同意。不想她趁着岳父外出的机会，竟然自作主张将家里十多棵果树一天之内全部找人挖掉。我帮木讷的岳父跟她理论："老两口过日子，凡事得有个商量着办。"她振振有词："我跟他说了几十遍他都不听我的，他不肯就不行啊？他不挖我挖！"我犟不过她，只能回过头来再劝慰一贯仁厚的岳父罢了。

因为她暴躁的脾气，再加上每次回去她都唠叨个不停，有一段时间回老家次数少了。不回去的时间隔得久了，她三天两头晚上就打电话来，不打给我和妻子，只打给外孙："两个大人上班，有没有时间煮啊你吃？要不要我去煮饭？"其实，我跟妻子都知道她想念孩子了，就主动示意借口我们工作忙，要求她过来进城住几天照料孩子。到车站去接她，大包小包、背的挎的，基本上都是从家前屋后菜地里挑的还沾着露水的各种蔬菜。我刚刚说了一句"城里啥都有得卖"，就被她呛了回来："那些蔬菜哪有我的长得好？我这都没有打过农药的。"

在城里带她去逛街、逛超市，在灯红酒绿的街头她不敢迈开步子："没得命，这城里我是待不住的，这么多车子，开得飞快的，哪儿能走路啊！"给她买件外套，坚决不要："我衣服这辈子穿不掉，糟蹋钱干什么？我这么大年纪的人，又不要好！"不过，还不忘记吩咐我妻子："你给他要多买买，男人走在外面，要稍微体面一些，这是代表你整个家庭的。"好不容易给她挑了一件紫红色的羊毛绒外套，看得出来她在穿衣镜前左转右看的，怂恿她："妈，这件衣服好看，你看看，城里的老年人都穿的这种时髦的，你也买一件，留着做客的时候穿。"好说歹说，终于同意。不过看到妻子付款的时候又坚决脱了下来："吓死人了，几百块的衣服我怎么能穿？农村干活的用不着穿这么好。"然后随便你怎么劝都不肯买。隔一段时间，我和妻子再回老家，想想还是给她捎上了那一件衣服。她嘴里依旧是念念叨叨着说我们不晓得节约。我们临回城，她塞了多于衣服两倍的钱给了外孙。不过，后来岳父打来电话说，只要她出门做客就一直穿着那件外套，逢人就指着自己的衣服说："这是我丫头女婿从城里买回来的，几百块呢！"

十六年，在她的念念叨叨之中，时光将她从一个精明能干的中年妇女一下子就勾画成了一位农村老太太。念叨的脾气没有改，火爆的性格改了不少。有时候我笑着问她："你跟爸两个老了，要不要我给你们养老送终？"她当真似的："跟你说啊，我哪怕老得跑不动也坚决不去敬老院的，听说吃又吃不饱，穿又穿不暖和的，也没得自家儿女照料得那么细致。"想想，觉得哪儿不对劲："你不会真的不要我吧？也对，你是我女婿不是我儿子，你也有父母要赡养的。"说完就有点唉声叹气的样子："还是有个儿子好啊！也罢，实在不行，你到时候就送我到敬老院去吧，反正真的要去敬老院的时候，也没几年能过的了。"听得我心头一阵酸楚，很认真地对她说："你还当真了啊？我不就是你儿子么？我不为你养老送终，还能有谁？"她这才立刻又舒展开了紧皱的眉头，像个小孩子般："我也就这么想的，不靠你我还能靠谁啊！"

　　五月早晨的阳光一缕缕从洗过的蓝天上洒下来。她还站在医院大门前的广场上一动也不敢动，目光在四下里眺望着，寻找着我的身影，耳际的白发在清晨的风中微微扬起。我推着车子一直走到了她的跟前："妈，上车吧，抓住我坐稳了，我带你回家！"

我愿意是你最想盛开的花朵

因为某个小事与父亲发生了争执，有些日子了，父亲都没有打电话给我。母亲便充当起了中间人："你爸是刀子嘴、豆腐心，说你几句，也是为了你好，其实内心还是呵护着你的。"

母亲说的我都明白，从父亲不给我打电话反而给孙子打电话的交谈中，我就知道一些端倪，每次父亲与孙子通话临了，总要压低声音："你爸在家吗？现在还喝酒吗？"这个时候，儿子就得意地笑着，一边举着电话看着我，一边大声地说："爷爷，爸爸就在旁边偷听呢，爸爸已经坚决不喝酒了，我帮你监督着呢。"电话那头就传来父亲的声音："那就好，那就好，他要是不听话，你就打电话告诉爷爷啊。"

父亲自幼就跟着他的爷爷奶奶生活，后来又适逢上山下乡运动，18岁的他只身一人来到黄海边的一个小镇参加贫下中农劳动锻炼，直至知青回城他终究没能离开那个小镇，落实了政策却是就地安置。仅有初中水平的他凭着自己的刻苦修完了长春商校的经济管理课程，改行从事商业管理。从我出生起，在我的印象里，从来他对我都是极为苛刻的要求：

从开始上学起，他一天没有接送过我；读中学的时候只要因为我调皮老师将他找过去后，当天晚上肯定是一顿皮肉之苦；第一次离家读高中的时候，他只顾给哥哥在车架后绑着行李，而我自己绑的被子在半路上就散开了；在我工作上稍有懈怠的时候，他就会训斥我白拿了工资光吃饭不做事，还有太多的细节，甚至我都觉得父亲是不爱我的，我无数次询问过母亲幼时大人们开玩笑说我是渔船上捡来的这话是不是真的，要不父亲咋就那么苛刻地对我呢？

母亲一次看似不经意的唠嗑，让我彻底转变了对父亲的看法。母亲说父亲从小就没有怎么在自己父母身边生活，按照当时的条件，父亲完全可以有不一样的生活，可是他赌气不愿意回迁回城，就一直安居在这个偏僻的小镇上。其实父亲是最爱我的，"你记得啊？当时你半夜肚子疼，你爸爸抱着你摸黑几里路到大队找医生给你看病？数九的天气啊，他穿着个汗衫就用被子裹着你出门了，第二天你好了，你爸爸却病了几天。""你记得啊？你在学校调皮捣蛋被高年级的学生欺负，你爸爸责骂完了你，生性不善言辞的他跑到人家门上去为你讨个说法，结果被那个泼妇骂了几个小时没吱声，回来了唉声叹气的，他这个心气高傲的人，啥时候受过这样的恶气啊？""你记得啊？你上大学的时候家里没钱交学费，你爸爸把那双跟我结婚时候买的两节头牛皮鞋拿去换了36块钱，为你凑齐的学费，从那以后他就再也没有穿过皮鞋啊。""你记得啊？你身份证和学生证、饭卡在学校被偷了，你爸爸得知后一夜没睡，早上4点多就在车站等汽车，转车四次才赶到你那里为你送钱过去啊？""他对你要求严，就是认为你头脑活络，有主见有思维，要你好好成人成才，怕你走弯路啊。他是一直唱的黑脸角色啊。"母亲的话零零碎碎的，可是却在瞬间勾起了我内心深处很多的莫名情愫。

原来，我在父亲的心中也是那样的重要！原来，父亲也是那样的深爱着我！原来，父亲对我的严厉只不过是伪装出来的，要我好好成长罢了！我终于按捺不住内心汹涌的冲动，拿起电话飞速地摁通了父亲的手机："爸，天气有点转凉了，你要注意添加衣服，也别太劳累着，要多休息。"电话那头传来了许久的沉默，然后就是父亲依旧不耐烦的声音："我这么大的人不晓得照顾自己啊，倒是你要多注意，年纪轻轻的不能让血压再升了，还有，就是尽量不要参加应酬，把孩子给我照料好。"

父亲的话语依然生硬，腔调依旧是那副"黑脸"模样，可是，我的内心却翻腾起来：父亲，我愿意是你心中最想盛开的花朵，尽管我没有依偎过你的怀抱，尽管在你那里我从来没有听到过一句称赞的话语，但是我知道，父亲一直在注视着我的绽放。

你在他乡还好吗

在时光的长河里，往昔常常就是一抹抹流淌的水花，包括在你生命里曾经出现过的那些人、那些事，在记忆的风吹中，终会慢慢弥散消尽，但是那瞬间的美丽也绽放了一季的花容……

她具体的相貌我已经不太记得清了。但是，那个秋学期的第一节课上，当她有些腼腆地站在我们这些跟她差不多大、甚至有比她个头还高的一帮大孩子面前时，看着她手法笨拙的马尾辫、刺目的花格子衬衫，下面配着一双解放鞋，让我脑海中立即就冒出了一个词语：土鳖！

十三四岁少年的天空总是有些桀骜不驯的，就像我当年坐在教室里看到她第一眼的情形。初三的时候因为成绩不理想，父母让我休学一段时间再重新上，又不想让我浪费休学的这段时光，就把我从城里送到了三舅家旁这个又偏又远的村办联合初中来借读一段时间。

"反正我是来借读的。"我常常这样安慰对周围环境有些格格不入的自己，包括对眼前的这位土里土气、据说是我们语文老师兼班主任的人。班上消息灵通的同学已经在窃窃私语开了："说的她只是高中毕业的，来代课的！""她都20岁了，怎么还没有嫁人？""父母死得早，家里穷，只有她和一个呆子哥哥生活在一起。"

对于这些八卦的消息，我向来不会参与，仅止于听说而已，更何况，我真的只是来借读而已。在她的语文课上，我时常好笑地听着她"N""L"不分、平舌卷舌混淆的所谓"普通话"，强抑着自己快要憋不住的表情，甚至，将腰低到课桌挡板下去。尤其是那篇魏巍的《我的老师》，她一开口我就笑喷了："请大家跟着我朗读，'偶滴老似'，作者，魏巍。""哈哈，偶滴老丝！"我装模作样地低声学着她的腔调，引来了一干同学们无邪的笑声。而她，只是透过抓在手上的语文书的上方，哀怨地看了我一眼，恍若不见我稀奇古怪的表情，依旧自顾自地带领大家朗诵着课文。而我，笑过之后，会把目光转向纸糊着做遮挡的窗外树上，更多地想念城里那窗明几净的教室，怀念我那声音温柔的像雨丝的语文老师，还有我那穿着名牌运动服的同学们。

第一次语文测试的时候，在艰难地读过了一遍油印的试卷后，我被呛得几乎要逃离那个整天看上去灰蒙蒙的教室。

"你怎么一个字都不写？"她有些心不在焉，眼里布满了血丝，像我三舅母常年在锅灶前被烟熏火燎一般的眼睛。

本来就一肚子气的我一个字都没有回答，只管翻看着我临来三舅家之前偷偷带出来的一本《席慕蓉诗选》。

她在连续问了我几遍都没有听到任何答复后，突然涨红了脸，不由分说地拿起我桌上正在看着的诗集，顺手就撕成了两半摔在地上，然后气冲冲地看着我。

我站起来怒瞪了她一眼后，骨子里的教养让我终究尊重她是一名老师，然后我抱着书包头也不回地出了教室。在三舅家，我发疯似地打电话给我母亲，我感觉到在这个乡下的学校是一天也待不下去了。母亲答应一周后来接我。

剩下来的时间，我再也没有回到学校去，每天百无聊赖地陪着三舅家的那条大黄狗，实在太闷了的时候，我就跟大黄狗说说话，甚至，偶尔也会教唆大黄狗"等那个老师从门口走的时候，你就帮我去咬她"！大黄狗晒着暖暖的秋阳，惬意地伸个懒腰，冲着我"汪汪"地叫上几声。

当然，大黄狗终究没有去咬她。倒是在我临回城的早上，三舅递给我一本《席慕蓉诗选》："学校的老师送来的，唉，这丫头可怜啊，七八天前，她照料了十几年的呆子哥哥掉河里淹死了，这下可好，就剩下她一个人了，这日子怎么过？"

"七八天前？不就是我从学校回来的那个时间？"听到三舅的话，我一愣，内心仿佛被什么东西触碰了一下，竟然有些隐隐地疼痛起来。

我装着若无其事地伸手接过书，书的一侧已经用白色的棉线装订了一下，其中被撕开的一页已经用透明胶带粘好了。里面还掉下一张练习本上撕下的纸，纸上写了一行字："对不起，我实在没有能控制住自己的情绪！不过，我也喜欢读席慕蓉的诗歌。"

母亲接我的车子渐渐驶离那个村庄，这正是我想要的结果。但是，不知道为什么，我却始终高兴不起来。再后来，偶尔也有去三舅家的时候，再打听她却已经被告知她去南方打工去了，没有人知道她的消息。

至此，她的模样一直模糊在我的脑海中。

有些人、有些事，常常就是这样：你不经意的时候就不会知道珍惜；等你知道珍惜的时候，已经是物是人非，这也许是造化弄人，甚或，是记忆残缺的美吧！

只是，这么多年过去了，老师，你是否还记着当年课堂上的我？你是否也有了一个爱你的呵护你的人？你在他乡还好吗？

第二辑　吹过村庄的风

女贞花开

上班的林荫道上，高大挺拔的女贞树开花了，一簇一簇的细碎的小花点缀在宽厚的树叶间，仿若给女贞树戴上了灿烂的花冠。炎热的夏季行走于女贞树的阴凉之下，碎盐般的花粒从树叶的缝隙里簌簌落下，踩上去软绵绵的，黑色的柏油马路上像平铺了一层乳黄色的地毯。

岳父打来电话，问孩子是否考试完毕，倘若考完了，他这两天就放下手里的活计来城里将外孙带回家过暑假。电话那头，我能清晰地听到岳父劳累间隙粗重的喘息声。

其实，我是希望岳父来将孩子带回乡下过暑假的，那样，岳父便能有两个月时间的休息了，因为只要外孙去了，再忙碌的他也会停歇下来陪着孩子。

我的老家是远近闻名的"苗木之乡"，这些年，岳父一直跟着贩运苗木的老板后面挖树、装运、栽种，城市建设日新月异着，岳父的活儿也越来越多、越来越忙，好几次我回老家，都只有岳母一人在家，据说岳父跟着老板去了周边县市栽种树苗去了。在我打给他让他不要太劳累的电话中，岳父总是轻描淡写地说着活计不苦，基本不要人工扛运了，现在都配了大型的吊车。可我知道，有一些边缘角落的树苗，吊车进不去的地方还是必须靠人工扛才能将树苗运出来。

那次回家，岳母偶尔说起上周岳父在隔壁乡镇运树木时，不小心从卡车上栽下来，幸好旁边的人往斜里拉了一把才没有硬生生跌倒，不过，腰还是扭了。等我火急火燎地把膏药、跌打损伤药啥的给他送去的时候，素来不喜言语的岳父竟然有些不好意思："你看看，你看看，没得大事儿，竟然把你们惊动了，农村人劳碌命，一点半点地撑撑就过去了，哪有这么金贵啊。"

我跟他说不要这么劳累了，毕竟六十岁的人了，要注意身体。他挥着手说："没事儿，没事儿，做了一辈子，做惯了，歇不下来。而且这身体还能做几年，真的做不动了，我就去你那里养老。"

我知道岳父说的是客气话，他从来不曾指望别人的给予和帮助。

岳父出身穷苦人家，幼时父亲就去世了，后来因为兄弟姐妹太多，无奈之下给邻村一户无子女的人家承嗣，孰知没过几年养父母又先后过世。十几岁的岳父从此一个人承担起生活所有的重担直到二十多岁与我岳母成家，成家后的日子依然艰难着，但他先后独立建起了房子、结婚，生育两个女儿，都是靠着自己一个人默默干着农活、打着零工来支撑起来的。

记得我跟妻子结婚的那天，酒量极小的岳父敬了我满满一大杯酒："我是拿你当儿子待的，不要你对我们两个老的怎么样，只要你们小两口过得好就行。"事实上，素来木讷寡言的岳父一直视我为己出，从未与我高过声、红过脸。岳父有一手整理苗木枝丫的好手艺，老家好多贩运苗木的老板边冲着他这手艺请他去帮助把关。他跟着那个老板一做就是七八年的光景，期间也有别的老板出更高的薪酬请他，可是岳父总说跟着一个人习惯了，就跟在后面做，况且老板对他也不错。

031

前年春上，老板资金周转不灵，拖了岳父半年多的工资，好几个人都干不下去走了，岳父依然每天准时去准时回，做着平时就该做的事儿。后来老板资金回笼了，要多给他千把元。他红着脸推着不肯收："我只拿我做工的那部分，不该要的我不能要。"

其实，与岳父一起做工的人闲聊中常常告诉我，岳父不仅仅是做着枝丫的整理工作，时常在缺少人手的时候，他总会主动去搭把手，肩扛手拉，宁可自己回到家捶着酸疼的腰背。"你岳父是个好人呐。"这是周围的人对他的普遍评价。

老家绿化栽种，最多的就是女贞树了，每年岳父亲手种植的女贞总是不计其数。这种树苗耐旱耐寒，树叶四季常绿，树干高大挺拔，树冠浓密如云，在乡下的道路、田间随处可见，不仅美化了环境，也给炎热的夏季带来了无尽的凉意。

不知道今天岳父又在哪里栽种着女贞树。抬头看着依旧簌簌而落的女贞树花，我决定，明天就将儿子送回乡下的岳父那。

天堂的微笑

> 你客套般地和我寒暄了许久，却不知道我一直在等待着这一刻的情景。
>
> ——题记

月华如水，深邃的天空悬挂着一轮淡黄色的明月，仿佛寒夜中的明眸，默默地注视着我，我不知道那是不是爷爷在天堂里微笑的泪光。

在他的骨灰被静静地安放在祖坟上的那一刻，我知道我的生命里从此再也再也没有这个人的音容笑貌了，残余的只剩记忆深处的点滴片段。我虔诚地磕完头，再看着稚子也模仿着我的样子一拜再拜，甚至有些滑稽。陡然间悲从心上来，在他的灵柩停放在家里的"七七"期间，我都没有放声嚎恸过，此刻，风从方塘河边的围圩上飘过，却吹落了我一纸的泪水，我忍不住大声哭起来："爷爷啊！"心中是那样的痛，没有理由的痛，几碟供菜、一杯酒、一双筷子，在轻轻上飘的纸钱中，墓碑上照片，似乎在淡淡地笑着。就在春节前我去看他，他已经不能起床，但始终比画着手势，我知道，爷爷是想回老家看看。大年三十的上午我和二叔将他接回老家，许久不能进食的他已经瘦得骨轻如柴，但是我将他背至楼下的时候，轻轻在他耳边告诉他要带他回老家去过春节，瞬间我看到了他眉宇间绽放的笑意。他甚至高兴得像个小孩般"咿咿呀呀"着，微微颤颤要挣扎着站起来。他生命中的最后一个春节，是在他一直生活了几十年的乡下度过的，年初一的时候他甚至能坐在椅子上晒着太阳，看着我和叔叔们聊天，指指点点着他，看着他曾孙一辈的在门前的场地上燃放着鞭炮，看门前葱葱郁郁的冬青树蔓延的绿色，看田野里的油菜可劲儿拔节。最终，还是遵从他的遗愿将他葬在了老家门前那块洒满阳光的大坪上。

直到现在，我内心也不知道爷爷究竟疼不疼爱我。按照风俗和日常的点滴，他最疼的是哥哥——长房孙子，但由于姑姑的早逝，在姑姑下葬的时候，我成为了未出闺门的姑姑承嗣之子，也就多了另一个身份——既是爷爷的孙子又是外孙。但是，他不怎么喜欢我，或许因为我的调皮，或许因为我的恶作剧，或许是因为他从未给我感觉到一点点温馨的地方，我对他始终敬而远之。爷爷脾气很古怪，年轻时据说曾经参加过革命，后被匪军活捉，太爷用一百担麦子将他救赎回家，为了拴住他的心，为他很快迎娶了18岁的新娘——我的奶奶。我的印象中，他脾气极为暴躁，吃饭的时候奶奶不小心用了一个豁口的碗给他装饭，他吃饭的时候啥也没说，吃完将碗反扣在地上一板凳就砸碎了；想抓个雄鸡宰了改善伙食，他在院子里追了一圈没有抓到雄鸡，一把将一只生蛋的母鸡逮住就拗断了鸡脖子——那是奶奶用以维持全家生活的两只生蛋老母鸡之一，煮好端上桌奶奶一言不发也不动筷，他喝完一大杯酒气愤的掀翻了桌子。在与奶奶的吵吵闹闹中，在后来他三十多个子子孙孙的战战兢兢中，爷爷终于迎来了他的风烛残年。

等我有了家庭，每次逢年过节回老家去看他的时候，他的身体状况已经一天不如一天。从最初的我看他静静地坐在堂屋的藤椅上，到后来的长期静卧在床，甚至后来的蜷缩如婴般的身躯。但凡我去看他，耳背的他总能感觉到有人靠近，摸索着要坐起来，静静地看我，看我一家，看他的曾孙。在那个昏暗的房子中，我总能看到他浑浊的眼睛背后闪亮的一幕，尤其是我把孩子往他面前推，他总是用布满青筋的嶙峋的手轻轻抚摸着稚子的头，唉声叹气的。孩子看他的样子有些怕人，总是扭扭捏捏不肯上前。他便颤颤地喊着："奶奶，给孩子拿吃的，给孩子拿吃的。"试图用好吃的来吸引着孩子亲近他。那所谓的吃的，是我上次回来甚至更久之前回来看他，带给他的饼干、面包、牛奶之类的，他一直没有动，就为了有孙辈的人来看他拿出来招待。

等他真正开始时而昏迷时而清醒的时候，不知道为什么，每次去看他，我总不忍挪开脚步跟他说再见，特别是见到他盯住我的眼光，我看到了孤独、无助甚至还有对生命无尽的渴望，可是在他一阵阵的咳嗽中，刹那又黯淡下去。那几天我上班和睡觉都是心神不宁的，总是在牵挂着什么，尽管在我的童年里、在我后来的求学路上、工作中，我所牵挂的这个人并没有给我带来什么真正的帮助、哪怕是一点点的关爱。他倔强的性格让他到最后都没有因为身体的疼痛呻吟过，没有因为自己的身体不便劳烦过自己的子女，说得最多的、喊得最多的就是"奶奶，帮我翻个身""奶奶，帮我拉一把"，跟着他一辈子小心翼翼生活着从不敢高声的奶奶，依然没有怨言地听着他的吩咐，宛如当年那台花轿将她抬回家的那天她的小心翼翼一样，在他的大呼小叫、暴躁的脾气中生活了将近70年。

等我晚上十一点多将已经入睡的妻子孩子叫醒带着赶回家的时候，爷爷已经躺在了堂屋的门板上。那个宁静的夜晚，我发疯般地开着车往百里之外的老家赶，一路上妻子不停地提醒着我："慢点，慢点，要看看车上还有我和孩子啊，你慢点开啊。"我一边开着车，一边忍不住眼中一次次溢满的泪水，忍不住一次次在踩着刹车在路边紧闭双眼，任泪水流淌。等我见到他的时候，不知道为啥内心反而平静了。依然是那瘦小的身躯，已经换上了寿衣紧闭着双眼。华丽的寿衣在昏黄的灯光下那样的刺目，我俯身一遍遍仔细看着他已经毫无血色的面容，仿佛要将他镌刻在我的内心。素日里极为懦弱的二叔竟忍不住在他的耳边撕心裂肺地吼叫着："你起来啊，你那么凶悍的一个人，你起来啊，你起来哪怕就是再骂上几句，你给我起来啊！"在哀怨的《大悲咒》乐声中，屋内所有的人都在抽泣着，门口跪倒了一大片他的血脉传承下来的子子孙孙，还有远在上海的、苏州的、内蒙古的、海南的，在往家赶回的路上。我想起了一周前，我路过老家有公事，内心一丝丝的刺痛让我当时就向领导请了个假去看他。此时他已经不能言语，挣扎在奶奶的帮助下斜倚着靠垫，就那么默默地看着我，比画着手势，对我竖着大拇指。我强忍着内心巨大的震撼，宽慰他安心养病，春天了，总会好起来的。可他不知道，他与我的这种爷孙间的寒暄，我已经期待得很久很久。但是在他能动能走的时候，他都没有给予过我，甚至连施舍都没有。

在殡仪馆，看着他被推进火化炉，我不知道自己的心为什么会那样那样的痛，我不知道已经经历过很多沧桑和挫折的我，在炉火吞噬他的那一瞬间，我陡然手足无措、我陡然间想抱住冰冷的他，我不要那数千度高温的火化炉温暖他，我想就像春节前我将他背负在肩上一样，就背着他走下去，哪怕他对我发火，哪怕他对我依旧是冷冷淡淡，哪怕他跟我依旧没有一丝丝语言或者情感上的交流。奶奶说，他走的时候还是笑着的。但等今天，我看到只是一张纸的相片挂在墙上对着我微笑的时候，那是他七十岁生日里拍的数十张照片中唯一一张略有笑意的照片，依然在嘴角显出他的桀骜不驯。

故乡一遍遍在我最近的梦中显现着，他的面容随着他的落葬，不知道为何，竟已经在我心目中渐渐模糊，尽管在他躺在那冰冷的灵柩中的时候，我曾经一遍遍在内心要记住他的样子，但是还是没有能够，这是不是就是常说的"物是人非"？世间所有的都是这样：当亲人远离的时候，内心总有万般的不舍，就让时间来冲淡一切悲哀，复于宁静。但是，我的心还牵挂在那片土地上，还有我的父母、我的叔叔婶婶、我的兄弟姐妹、我的血脉相承的亲人们，生活在那片土地上。

今夜，倘若爷爷真的有灵，我想，他会真正地笑了的，而且是我一直期待的开怀大笑着！

老屋

老屋其实不老，才建了30年，比我还小7岁。

老屋是父亲在有了我之后的第二件人生大作品。我其实是在生产队知青工棚中出生的。在陪同父亲下放的知青一个个回城走了以后，因为家里兄弟姊妹多，父亲就一直住寄在知青工棚中。父亲和母亲结婚的时候，父亲在生产队做会计，生产队长看着知青工棚也没有人再往里搬了，就慷慨的送给父亲做了新房。工棚条件简陋，四面是用方方的土块夯的墙基，然后再用泥巴在编好的苇席上糊一层，立在泥墙四面，上面盖的是茅草。据母亲说，工棚里是夏热冬冷，加之是土墙结构，蛇虫百脚的时常出没，生我的第三天，母亲在床头还用锄头打死了一条菜花蟒，有两米长，母亲抱着我坐在床头一夜未眠。

八〇年的春上，一纸调令将父亲调到了大队的土窑做负责人。母亲就寻思着对父亲说："公家有窑厂，买点黏土回来自己烧砖烧瓦，补贴点钱给窑厂，建个房子吧，这工棚住在里面怪瘆人的，我跟你结婚七八年，我能跟你过，总的让孩子们睡个安稳觉吧。"据说当时听了母亲的话，木讷的父亲坐在用砖块搭起的木板桌上抽了半天的纸卷烟，最后撂下一句话："好吧。"父亲虽然话不多，可是人缘挺好，听说自己要烧砖瓦，生产队长说："窑厂的补贴就不要了，你自己放船到西乡里去买黏土，贴个柴油钱，另外自己准备烧窑的草料，制砖的工人工资你自己出，或者从你的工分里扣，烧窑你自己烧。"就这样经过一个多月的烧制，烧好了一窑的青砖青瓦。

房子是秋天动工的，帮助盖房的匠人是二叔的老丈人。老人家带了一帮小年轻徒弟，对我父亲说："工资就不谈了，小年轻们混个嘴就行。"一天三顿的主食，在那个年头基本就是玉米糁子饭，偶尔抓把米放在中间刚巧够一碗米饭，那是给带队的师傅吃的，可就这难见的米饭，帮助建房的师傅还总是偷偷地拨拉大半碗给饿得嗷嗷的我。吃过米饭的我在大人们的忙碌之余也不肯闲着，母亲后来告诉我，盖瓦的那天，我一口气搬了4片大瓦，把肚皮上的油皮都磨掉了。

一色青砖青瓦的房子终于盖起来了，在村上那个年代很是惹眼。很会拾掇的母亲把屋里屋外收拾得干干净净，四周的田地里长满了绿油油的各种菜，一时间，村里有人家娶了新媳妇，都会拿母亲做比较："你看看某某家大媳妇，人家那屋子里收拾的，多清爽啊！"之后，在这座房子中，我读完小学、初中、高中、大学。到我结婚的时候，迷信的母亲执意要我在老屋中结婚，说这房子建起来这么多年，全家一直很太平，全是托的老屋的风水好。

后来由于工作几经变动，我搬离了老屋到了城里。几次想将老宅基地处理掉，年迈的父亲母亲却舍不得那块地儿，有一次已经和人家谈好，就差签协议，母亲想来想去还是舍不得，只得作罢。前年，母亲将老屋内部装修了一通，铺上了地面砖，刷了涂料，吊了顶，另辟了浴间、卫生间，外墙和屋顶依然是青砖青瓦，在如今的农村已经不多见，在一排排的楼房、别墅中间，依然显得一如三十年前那样才建的时候的惹眼。

元旦回家,越发见得老屋的苍老出来,但屋里屋外依然是那样的清爽干净。母亲张罗着铺床,说:"棉花胎我都晒了好几次了,干松松的,就等你们回来,你看家里多清爽啊。"晚上,我执意地要睡在父亲的脚头。

闻着淡淡涩涩的棉花清香,听着父亲微微的孩童般的鼾声,听着有风儿从屋顶掠过,躺在老屋里,我的内心充满了归属感,一种别样的情绪弥漫了整个屋子,我知道,这一种心绪应该就叫作幸福!

父亲的手

父亲的手，除了越来越粗糙之外，也抖动得更厉害了。这从他吃饭时就可以看得出来，两只很平常的筷子在他手里重若千钧，晃来晃去的，根本就对不准目标，更不要说能夹住菜了，好不容易帮他夹到了碗里，只听见筷子不由自主敲击着碗发出"叮叮当当"的声音，清脆的声音听得我心头一酸。

父亲的手原来不是这样，至少在我的记忆里不是这样。

父亲是知青。在那个年代，被打上"知青"的烙印，多多少少是有点文化的，更何况父亲是老三届的毕业生。下放到农村，父亲就没有做过农活儿，先是在大队做会计。据母亲说，父亲打得一手好算盘。那算盘是红小兵到一个地主家抄家得到的，黄铜包的四边，枣木做的框架和串枝，黄花梨做的算盘珠子，因为用的时间久了，算盘黑中发亮，后来说这么好的东西不能给剥削阶级留着，结果就交给了大队会计——我的父亲使用。父亲一拿到算盘就爱不释手，一只手指五个指头如同飞轮一样在算盘上上下翻飞，仿佛那只手就是为了这只算盘而生，大拇指和食指的灵性在那只算盘上完全的绽放开来。也难怪，父亲的手生来就白皙细长，再加上从小在杂货店耳濡目染，把玩算盘自然不在话下。"第一次看他打算盘，就被他的手法给迷住了。"四十多年后，母亲回忆起当初的一幕，仍旧有着少女的羞涩。那时，父亲的手是青春的记忆。

小时候，父亲的手是牵着我的手在大队队场上看电影，是牵着我的手教我摇摇晃晃学走路，是牵着我的手送我去上学放学，是牵着我的手为我抹去脸上委屈的泪水……甚至，觉得父亲的手就是一双魔术师的手，时而会冷不丁的给我变个冰棍，时而会在袋子掏来掏去掏出一把大白兔奶糖，时而会将一捧洗干净了的白嫩嫩的荸荠递到我面前。那时，父亲的手是温馨的记忆。

后来，父亲落实政策的被安排到了供销系统担任总账会计，他的那双白皙细长的手就更加有了用武之地。每到月底，父亲总是搬出他珍藏的那只算盘，在堂屋里"滴滴答答"开始为单位的各个门市部盘点、算账。在没有计算器、没有电脑的年代，父亲就靠着一双手在算盘上翻来覆去，那密密麻麻的数字在他手指的牵引下，在算盘上不停地跳跃着，最终排列得整整齐齐。做单位总账会计十六年，竟然没有出现过一次差错，父亲每次都骄傲地甩甩手："我这手指，比心里要明白多着呢！"此时，父亲的手是自豪记忆。

二十世纪九十年代中期从单位下岗后，不少老员工缠着单位寻死觅活的。父亲一只胳膊夹起铺盖回家自谋职业，母亲嗔怪他，他用那双白皙的手挠挠头："我有一双手呢，饿不了你们的。"从那以后，风里来、雨里去，父亲先是卖糖烟酒，再是摆摊卖水果，乃至日杂商品，凡是能卖的行当，父亲几乎都尝试过。进货、卖货的时候，那如同小山似的货物，被父亲几个来回就搬完了。一双白皙细长的手在风吹日晒中，在锅碗瓢盆的碰撞磨砺中，在高温和严寒中，在货物的重压下，变得越来越失去他原来的光泽，甚至，岁月还压驼了他曾经挺拔的腰，那个双手叉腰意气风发的父亲再也不见了，取而代之的手上、脸上的老年斑日益增多，但是父亲一直喜悦着："我靠自己的双手养活全家，养活两个大学生，黑点、瘦点又如何？"此时，父亲的手是骄傲的记忆。

前几年，父亲患上了帕金森综合征，这个突如其来的病症让他那双曾经引以为傲的手越来越不听使唤。最初，倔强的父亲始终不肯要人帮忙吃饭，孰知越是想用力，手却越是抖得厉害，抖得根本抓不住任何的东西。再强大的人在病症面前也是渺小的。无奈的父亲终于败下阵来，尤其是在吃饭的时候，看到一家人纷纷给他夹菜，他就有些歉意："岁月不饶人啊，够了，够了，我吃不多少了，你瞧我这手把大家折腾的！"

其实，父亲不知道，你的歉意让我们做子女的内心有太多的内疚。做子女的多么希望你能自己夹菜，多么希望能听见昔日里堂屋里传出的算盘珠子清脆的声音，多么希望看见你像年轻时一般毫不费力气地搬起一大堆的货物，甚至，多么希望你能再牵着我们的手一起去看场电影，再给我变出一支奶油冰棍出来……

火祭

又是一年秋风起。那盆名曰"火祭"的多肉植物，像西天火烧云一般的叶瓣在窗台众多绿意盎然的植物格外醒目。

火祭，也称作秋火莲，每当秋季来临的时候，叶瓣就会慢慢从绿色转为鲜艳的红色，远远望去就如同一团燃烧正旺的火焰。这盆火祭是爱莲送给他的。如果爱莲还在，今年应该也要参加高考了。"如果考，她一定能考个名牌大学的。"他不禁暗自想着，但是人生没有"如果"，而来世的爱莲说不定已经变成一朵盛开的火祭！

他的思绪不禁飘落到三年前的秋天，秋日的校园到处是满满的生机。当这个从山区跟随父母打工而转学来的女孩站到他面前时，他被这个瘦小羸弱的孩子给吓住了：一身破旧的衣服，两只胶鞋都露出了大拇脚趾头，凌乱的头发，正有些惊惶地看着他。"初三的女孩子哎，咋整成这样？"他不禁有些愤然地问着陪同前来的政教主任。

"这孩子叫爱莲，在山区时家里就是有名的低保户，母亲有精神疾病，这不，父亲出来打工，不放心娘儿俩在家，干脆都带出来了，找到我们学校要求随班就读，你就收下吧，刚刚另外两个班的班主任都回绝了，再不收下，这孩子就没书可读了。"

他再次正眼看了看眼前的这个女孩子，孩子的目光一接触到他，很快就躲闪开去，但他能隐隐感觉到目光背后的那种无奈和渴求，"好吧，那就先跟着读一段时间吧！"不只是出于怜悯，他突然想到了自己小时候因为家贫读书的情景，下意识地就答应了。

爱莲的到来，给原本平静的班级仿佛投进了一块巨石：先是没有学生愿意跟这样一个浑身散发着异味的女孩子同桌，不得已，他回家央求爱人带着爱莲到镇上的浴室洗了个澡，给爱莲换上了爱人嫌小的衣服，这样才总算勉强让爱莲坐到了教室里面。接着，是同桌孩子的家长泼风泼雨的找上门来，坚决要求给自己的孩子调位置，好说歹说最终答应让爱莲一个人一张桌子坐在教室的角落里，家长才罢休了。再接着，同班任课的几个老师也开始烦神嘀咕了："你说，人家不要的学生你都收下，这样班级的均分怎么能上去？""那个女孩子像个呆子一般，是不是遗传了她妈妈的精神病？""你怎么就不为我们哥儿几个着想呢？这样下去，这学期的考核津贴要少好几大百了啊？"他像一个做错了事的孩子一般向同事们低头作揖、左右认错，好不容易才平息了几个任课老师的唠叨。

其实，他也说不清为什么要收下这个孩子。坐进了教室的爱莲倒也没有给他惹麻烦，除了整日沉默不语，说得最多的就是"嗯""哦""好的"之外，倒也没有什么特别的异常，更没有所谓的精神病遗传。因为是随班就读生，她的作业也没有老师看，成绩也不纳入班级总分，大家倒也相安无事。

日子一天天地过着，中考的时间越来越近，老师忙得团团转，而孩子们也憋足了一股劲，仿若上了弦的箭一般蓄势待发。紧张的工作，让他甚至渐渐忘记了教室角落里坐着的爱莲。直到有一天，他发现爱莲竟然有段时间没有来上课了。"这孩子，到底是教不上手的！"他有些懊恼自己当初轻率地答应收下了她。不过，中考的脚步就像战场上擂响的战鼓一般，容不得他再去想这样一个根本不入眼的孩子，更何况是一个来随班就读的孩子？来也欢迎，不来我也不主动去找她，反正我该尽的义务已经尽了。他这样宽慰着自己，打起精神吆喝着全班的孩子冲刺中考。

再见到爱莲，是在中考后。爱莲是被她父亲搀扶着摸到他家的。"这孩子，非要来见你一面。"爱莲的父亲，这个质朴的山区农民伤心抹起了眼泪，"读书读得好好的，不知怎么就咳血了，医生说是营养不良导致的胃癌，已经到了晚期，没有治疗的必要了，明天我们准备回老家了，这孩子临走之前非要来看看你。"

他几乎没有听得见爱莲的父亲在说什么，耳朵里被"胃癌晚期"四个字久久的轰鸣着，"怎么会这样？怎么会这样？"他喃喃道，"明天，我去找学校，让学校组织捐款帮你，怎么能不治疗呢？"他有些手足无措地在屋子里转着。

"老师！"一声清脆的声音穿透他有些闹哄哄的耳帘，是爱莲，是爱莲的声音，这个几乎从来没有跟他有过交流的学生，正努力从痛苦不堪的脸上挤出一丝笑容："老师，不麻烦学校，不麻烦大家了，你当初能收下我就是帮了我很大的忙了，我怎么能再给你添麻烦呢？"爱莲说话原来很流利啊，原来她普通话说得也这么好啊！"师母送我的这身衣服很合适，我穿过了就不脱给师母了。"

"明天，明天让师母带你去买一套新衣服！"他不知怎么的，眼泪竟然无声地落下来。

"老师，不能……不能给你添麻烦了。明天我就要回老家了，当初我从老家出来的时候，就从屋后的山上挖了这棵火祭带了出来，它很好长地，我老家后面的山上都是这种花儿，我就把它留给老师吧！"

爱莲去世的消息，是在她回家两个月后爱莲父亲发信息告诉他的，而那时，秋风乍起，窗台上的火祭正红艳艳地开着，因为爱莲说过，到了秋天，它就会变成非常红非常红的那种颜色的！

今年，班里又来了一个跟爱莲是同一山区转来的随班就读生，他在给孩子批改作业的时候，不止一次问过现在的这个孩子："你见过火祭开出的颜色吗？"

"看过，是那种鲜红鲜红的色彩！"孩子骄傲地回答着。

吹过村庄的风

我很少会写到风，尤其是在写故乡的文字里。

我并不是不喜欢风。事实上，每次我站在故乡的那片土地之上时，无论是在宽阔的水泥路还是狭窄的巷道抑或是旷无边际的田野上，我最享受的就是，感受着乡野的风从身上掠过。那一刻，在春夏秋冬四季轮回的时光里，倾听着风从村庄的上空飞过，仿佛灵魂也缥缈在那片天地里。

每个人骨子里，对故乡都有一种与生俱来的亲切感。这种亲切感像兄与弟、母与子、父与子之间那种永远也割不断的血脉情愫一样，尤其当我每日行走在城市钢筋混凝土构筑而成的高楼大厦之间的时候，这种情愫会将某一种涌上心头的怀念拉扯得生疼。每每迎着柏油马路上扑面而来的热浪，我就会从内心抗拒这样的风夹裹着我的躯体，它会令我窒息、仓皇，而找不到方向。

于是，愈加怀念小时候跟哥哥一起在乡村田野追逐风的情形。

哥哥是属于那种从来也不要大人们操心的孩子。所以，尽管我站在他身边会感觉到别人羡慕的眼光都会投向他，但丝毫也不能降低我内心的自豪感——因为他是我的亲哥。

这种亲，在之后几十年的时光飞逝中，几乎是可以随手可及、触手可及。我曾经在一篇文章里写过，在我工作以后，有一次哥哥路过我家门口，竟然从口袋里掏出了两包炒花生和炒蚕豆送给，只是因为他知道我打小就喜爱吃这些，专门在路边小摊买的。惹得妻子常常笑我，说大哥一直把我当个孩子。

在哥哥的眼里，其实我永远就只是个孩子。

两个孩子之间也会闹翻的。那个时候在农村，几乎所有的孩子都喜欢在傍晚时分将澡盆搁在家门前偌大的晒场上洗澡，一边将温热的水浇在身上，一边感受着傍晚的风裹着田野的麦香从身上掠过。

对我而言，在门前的晒场上洗澡，绝对是一种炫耀。因为洗完澡就可以美美地躺在晒场的竹床上，啃着刚从井里捞上来的透心凉的西瓜，一边看着西天的晚霞渐渐褪去绚丽的色彩，一边仔细盯着满屏雪花的黑白电视机看着《再向虎山行》。这个在20世纪八十年代末风靡全国的电视连续剧，在爸爸搬回来村子里第一台电视机后，我就一集都没有落下过。

所以当别的孩子还是满身泥巴和臭汗，他们的父母还在田野里挥汗如雨劳作着的时候，哥哥就已经将家里的那个乌黑发亮的木质澡盆扛到门前的晒场上，细心地为我调和好不烫也不冷的水，恰好有半盆之多，然后我就肆无忌惮的脱去衣服，美美地躺在刚好漫过身体的水中，感受着四溢的水的温柔，尤其是当我猛然从水中站起来的时候，有风从晒场上吹过，吹过我光光的身体，一滴滴的还散发着温气的水珠从身上滑落，或者，像一条条细密的山泉从颈部蜿蜒下来，穿过我的腋窝、我的后背、我的瘦小的臀部，滴滴答答地掉落在澡盆里，那声音不亚于是一场管弦乐的盛会。等我洗完以后，哥哥就接着洗澡，我一边贴着凉凉的竹床看着电视，一边看着哥哥将全身涂抹满了肥皂沫，然后再用水一遍一遍地冲去。

有哥哥在我旁边的时候,无论父母亲回来多晚,无论那个夜有多黑,即使有呜咽的风"呼呼"地吹过头顶的丝瓜架,我也不会感到丝毫得害怕。

可那一次,哥哥竟然躲到了屋里洗澡,而且将门关得紧紧的。这对于我,是断然不能接受的。因而,当我调皮地将哥哥紧闭的房门踹开时,惊慌失措的哥哥从澡盆中跳起来,一把抓起水淋淋的澡巾就掩饰在自己的小腹前,而眼里却透出了一股怒气。

我冲他做了个鬼脸就溜开了。再次躺到竹床上,还在为刚才自己的恶作剧刚沾沾自喜时,哥哥已经拿着一根木棒,随着初夏傍晚的风朝着我的屁股就招呼过来。

一直呵护着我的哥哥竟然打我了!我抽泣着向刚从田里回来的母亲告状。母亲有些诧异地看着哥哥,哥哥却满脸通红说我偷看他洗澡。

母亲看看涨红着脸的哥哥,看看满是委屈的我,再看看一边一脸狐疑的父亲,突然抿着嘴笑了起来,笑得我莫名其妙的,而哥哥却更加不安起来。母亲伸出一只手臂将我拥抱过去,又用另一只手在哥哥的头上怜爱地拍了拍说,我家大娃长大了哟!

依偎在母亲的怀里,我使劲嗅着母亲满头长发带起的一阵微风,不解地问道,啥叫长大啊?

臭小子,等你长大了你就会明白的。母亲"呼"的一声为我吹开额前粘着的一根草,一阵如兰的风让我闭着眼睛深吸了一口。心想,我才不要长大呢,长大了就跟哥哥一样不能在门前的晒场上洗澡了。

孩子间的仇恨终究是不会停留的。更何况那是我的亲哥呢?所以当父母亲去准备晚饭的时候,哥哥又拉着我在门前的晒场上追逐起来,四只脚一下一下地踩着晒场上那越来越凉爽的夏夜的风,一串串的笑声洒落在满天的星空下。

那样的场景让人特别的怀念。一怀念，就是数十年的光阴。

我知道，更多的时候，我怀念的并不是那一缕缕熟悉的乡村的风，正如如今我每一次回乡，临走时与母亲道别，心中恋恋不能舍弃的，是母亲依然生活在那片土地之上，每日还是像数十年前那样劳作着。

乡野的风，年复一年，吹皱了母亲脸上的皮肤，吹弯了母亲曾经婀娜的腰肢，吹白了母亲满头的青丝。这个时候的风，是刺骨的，时时刺得我内心生疼，让我在城里鸽笼般的家中辗转反复。

难以入眠的夜，愈加的喜欢在老家度过的光阴。

只是，如今每次回去，母亲待我就如贵客一般。只要听说我要回家，哪怕就是住上一晚，母亲也会给我换上浣洗一新的被褥床单。簇拥着云朵般的棉被，一个翻身都会被被子内扑面而来的风所陶醉，那阵短促的风里，有棉絮清新的香味，有皂角洗过被单之后的青涩味。室内的电视机已经换成了彩色的，室外依旧有呼啸的风吹过屋后的树桠，吹过屋顶，向远方而去。在这个充满风声的乡村，在城里经常失眠的我常常会睡得沉沉的，在偌大的床上踢开了被子，四仰八叉、毫无顾忌地躺着。

迷迷糊糊地会听到母亲蹑手蹑脚的声音，或者甚至就没有醒来过，但我能明显的感知到母亲就站在我的身边，她用已经粗糙的手为我掖好被角，然后再听一会儿我沉稳的呼吸声，才会轻手轻脚地带上房门出去。我知道我经历的并不是一个梦境，当我醒来时，我不用使劲地嗅，就能闻到房间里熟悉的母亲的味道，与儿时的一样，如兰如初。

父亲后来跟我说，我不在家住的日子，母亲总是执意要住在我的房间里的。母亲说，孩子的房间不能空着太久，长久没有人住的房间，孩子回来会生分的。然后在我回来之前，母亲就会撤走她所有的衣物、被褥，打扫、拖地，将房间的窗户开着通风。

我跟母亲说，我回来住的时间短，就不要搬来搬去的。或者，我就睡你睡的那床被褥就行了。母亲说，那怎么行？妈老了，妈睡过的被褥怎么能给你睡？我睡在这里，只不过是为你守着这个家而已。

母亲未说完，我已偷偷地转过头抹去瞬息而下的泪水。

我终于明白，为什么我每次回来睡在自己的房间里时，会感觉到那样的亲切，会睡得那样的深、那样的沉的原因了。

我奢侈地想，在这样的乡村，在这样的梦境里，我宁愿将自己融化在那样熟悉的气息里，彻底的融化。似乎只有这样，我才会在我越走越远的躯体和灵魂里，时时记得这个孕育我生命的地方。

在城里的每一天，我的脑海中几乎都会浮现出故乡的影子，还有父亲那双变得越来越抖索的手。

父亲属于人们口中常说的那种"严父"的类型。从小他教育我最多的话就是"吃自己的饭，干自己的事儿，靠天靠地靠父母，不如靠自己"。比如父亲自己。父亲兄弟姐妹六人，父亲是长子。在中国农村传统家庭里，长子意味着更多的责任和担当。

父亲从初中未毕业学理发手艺起，就开始为他的父母亲分担家庭的沉重负担：所有的收入都要交给父母亲，用来分配补贴全家的生活费用。后来，作为知青下乡，住牛棚、干农活儿，翻地、播种、薅草、收割、打麦、晒场，几乎所有的农活儿父亲都会干。然后，收入的三分之二都要寄回城里。后来我常常诧异地问他，一个城里来的十八岁少年怎么能忍受住那样艰苦的劳作。父亲一脸的骄傲：当年也有人这么问过我的呢！是啊，是不能忍受，但是又有什么办法呢？任何一条路都是人闯出来的，你不去尝试一下，又怎么知道自己不能承受呢？

知青政策落实时，二十多岁的父亲人生由苦转甜，被安置进了我们乡上的供销社。

计划经济时代，能在供销社工作的人，对普通的民众而言不亚于有着通天本领的孙悟空。在一切生活物资都需要计划分配、按需供应的年代，父亲带给我的是我在同伴之中巨大的优越感。

那年我在村小学上四年级，出差山东回来的父亲，竟然从他黑色的皮包里掏出了一个苹果给了我。至今记得那个苹果，青里泛红的皮透着诱人的光，才凑近了鼻子底下，就有一阵浓郁的香气直直的钻进了我的鼻腔，顺着咽喉滚滚而下，最后落在我的起伏不定的肺的底部。那种清香萦绕回环在整个胸腔里，久久不肯散去。

我骄傲地把它带到了教室里。当我拿出那个苹果的时候，立即就成了孩子们心中最为羡慕的对象，就连平时瞟也不肯瞟我一眼的村书记丫头，竟然也瞪大了眼睛好奇地盯着我许久。

我至今记得，每一个伙伴咬了一小口以后，轻轻地咀嚼着，慢慢地吞咽了下去。那个欢乐的清晨，校园里的风一浪一浪的吹进我们狭小的教室，所有的孩子都在捂着嘴，怕被风吹走嘴边的清香、吹走那种从没有体验过的快乐。而我也从他们的脸上寻找到了一种被仰慕的幸福感。

这种幸福感是父亲给予我的。

但这种幸福感对我而言并没有维持多久。与优秀的哥哥相比，尤其是当我青春期的顽劣、叛逆如同麦芒一般显露出来的时候，脾气急躁的父亲甩给我的更多是冷言冷语、冷落甚至是嘲讽。延续到上高中，每次从家里去学校，父亲总会细心地给哥哥绑好被褥行李，而另一边的我只能自己动手胡乱的将要带的东西捆扎在一起，这个过程中，父亲看都不会看我一眼，更别说搭把手。

高三最后的时间，沉闷得如同风雨欲来之前的天空。我决意要逃出那种无法忍受的窒息。迎着初夏的风，我骑车回到三十多里外的家中时，夜已经很深，父亲坐在门前的晒场上，一明一暗的香烟灰烬在他的脸上闪烁着，烟雾弥漫在泥土腥气的风中，有点呛人。戒烟多年的父亲，竟然又抽上了。

看到我满脸毫不在乎的样子，父亲从地上站了起来扔下一句话：是个男人，就要有男人的样子，逃兵还好意思回来？

父亲硬邦邦的话，让我愣愣的站在风中，那一刻吹在我脸上的风是硬硬的，如同父亲生冷的话语，硌得我内心生疼、羞愧。

年少气傲的我，憋屈着连夜赶回了学校，重新坐到课桌前，拾起那剩下的为数不多的备考时光。

那个七月，我终于挤上了独木桥，但内心没有丝毫的喜悦，我选择了一个离家很远的学校。每年放假回家，除了和母亲说上一会儿的话，以及拿上一叠零钞组成的学费、生活费，与父亲之间却没有任何话要说，乃至于在家里只要看到他的身影，我就会借故走出他的视线。

而父亲，在家的时间也越来越少了。听母亲说乡里的供销社改制了，父亲成了第一批下岗的职工，无奈之下只好在街上承包了一个杂货店面，每天早出晚归的去开店摆摊谋生。

十六年前的盛夏，在我工作的第三年，母亲生病住院，我在医院里陪床。只剩下我和母亲的时候，母亲就会担心地说，不知道你爸一个人回去吃啥，他从来也不会做饭。唉，你爸呀，就是嘴上不饶人，在你上大学的那些日子，你爸下岗了，也真是难为他了，那么要强的人，硬是支撑着你们哥俩把大学都读完了，在整个村子里也总算是扬眉吐气的了。你说，他要是真不喜欢你，能放下脸面到街头去摆摊设点挣几个钱供你读书么？这不，你才出来工作，日子刚好过一点，我又生病了，真是辛苦你爸了。

母亲说着这话的时候，我在病房里紧紧地攥着她的手。窗外，是长江中下游平原每年历经的梅雨季节，台风肆虐地敲打着雨水涂抹过后的窗户，也敲打着我的心：

原来，父亲终究是爱我的，只是他没有对我说出来而已。

当父亲从人人羡慕的上班族变成街头的小商小贩，且不说每天风里来雨里去承受的苦难，仅仅是克服心理上的落差，这对他而言该需要多大的勇气？他又如何才能拥有着这样的勇气？我终于明白了高考那年那夜他对我说的那句话的含义。

　　大病初愈后的母亲终究没有大碍。只是父亲却更加的老了，老得完全没有了脾气，老得手脚都开始不听使唤，抖抖索索的。每次看我回家就欢喜得在门前的晒场上走来走去的，一副手脚无措的样子。我递给他一根烟，想要帮他点着的时候，他抖动的手常常扇灭打火机，就自嘲着说，这村子里的风啊，也会欺负人呢！那就不抽了，不抽了。

　　在那一瞬间，我就感觉有风夹着泪水迷住了我的双眼。"吧嗒"着为他点燃了一根烟，再递给他，他就满脸高兴的接过去。美美地抽上一口，在腾腾的烟气中满是骄傲地看着我，像一个艺术大师看着一件他亲手制作的作品一般。而父亲脸上所流露出来的那种微笑，与小时候我坐在父亲自行车前的大杠上，仰头看着他用力骑着车所流露出来的微笑，竟然是一模一样的。

　　那时候，我就常想，我愿意一直有这样的风，吹过我为父亲点香烟的手的缝隙，因为风不停，我就会一直在父亲的身边守着，哪怕只是为他点一支烟。

　　然而，我所熟悉的那个村庄还在，那些熟悉的人儿也在，那阵熟悉的风依旧"呼呼"地吹着，但是，我却不在。

生如夏花

　　写东西的时候，我正在听这首《生如夏花》。朴树的声音低低的，有一些迷茫和忧郁，我就顺手写了这个题目。2006年9月3日，我在我的空间里曾经写了一篇文章《子欲养而亲不待》，当时只是看一些心动的文字有感慨而发。2008年7月，时近两年之后，我再度看到了这篇文章，心中有泪默默地流下来。

　　朱汉中，到现在我想起这个名字就有种心悸的疼。他是我大学的中文老师，上学时我是他的得意门生，尽管老人已经60多岁（1994年的时候），但和我们一帮小青年谈论文学，煮水斟茶，天南海北，历史的，现在的，大呼过瘾。我只身在北方那个城市求学的那个年龄段，感受到的唯一的温暖就来自他。毕业后我回到了故乡，到乡下去教书，他依然给我写信，给我打电话。那些年，我为了事业，为了家庭，疲于奔命，偶尔也回个只言片语，老人不以为然，依然给我写信，问我的情况，依然给我寄他办的带着淡淡墨香的校报，直到2001年，我忽然之间就没有了他的任何的消息。一个一直在你生命里默默存在的人一下子就没有了消息，而那个时候，正逢我买房，儿子出生，我，疏忽了这个人的消息！偶然想起，瞬息就因为手头的琐碎的事忙忘了。

2004年，我的生活、工作都有了明显的起色，忽然之间就觉得我的生命里少了个什么，我知道，我丢失了生命中最珍贵的那份感情，我疯了似地去找，打电话给我以前的同学、班主任，得到的答案都是一个：不知道老人去了什么地方。日子就在找的时间里流逝，今年7月，我在某论坛发了个帖子，希望有人能帮我找到老人。三天后有结果了，有人主动和我联系，是老人的孙女，她淡淡地告诉我，老人在2004年的冬天就去了，已经永远地离开了！老人的孙女我依稀有印象：当年高谈阔论的时候就是一直腼腆地笑的小女生，如今亦已为人妻为人母了。

听到这个消息的时候，我坐在电脑前等待找寻的结果。这个夏天也没有什么特别，天气比较热，但与往年相比，也不是太离谱。我们还是那样不好不坏一如既往地活着，有一些快乐也有一些抱怨，有一些爱当然也少不了因此而生的烦恼。那一篇篇文字，犹如一朵朵晶莹的浪花，让心一下子湿润起来，竟有一些久违了的别样的滋味。

首先要感谢那些为我找人的贴友，再就是谢谢小朱能主动和我联系，真的要感谢你们，不管什么原因，无论如何，你们还记得我。

花儿已经离去，到更肥沃自由的土地上怒放去了，劳燕分飞各自天涯。尽管我知道这一切总会到来，尤其在现实世界里，期望永远就像是妄图留住掌心里的水一样可笑和徒劳，可是面对满目草色青黄为什么还会怀念起鲜花盛开的日子，还要若有所失心生惆怅？我可以找出一百二十个理由，但我说服不了我自己。恩师，你在天堂可好？是幻觉否？我甚至可以清晰地听到你怦然的心动之声，可以真实地触摸到你的手心的温暖与柔软，可以感觉到你的拳拳之意。

我知道你是存在着的，在距离我或远或近的某个地方的某扇门背后的某盏灯光里，就像你知道我的存在一样。在每个夜色弥漫的晚上，彼此互相用心情用文字抚摸着灵魂。我们之间隔着城市乡村隔着千山万水，可是我们很近，近得仿佛只有一层薄薄的月光。我真的可以听到你的笑声，让我不由自主地微笑。

这个时候，遥遥相望的两个城市里，灯火正是一样的辉煌。夜色如海，我们是那朵朵的浪花吗？快乐是那么短暂而易碎，仿佛稍纵即逝，潮起潮落过后是点点斑斓的泡沫。正如每一次的潮涨潮落总会给海滩留下些无声的心语，你们的存在和离去怎么能不在我的心中留下深深浅浅的痕迹？感谢网络，让我知道了你们的消息，如亲人一样的人啊，让我知道了这个红尘里和我一样的忧伤或者欢喜的故事。透过每个字里行间，我细细地读着过去，读着你们，像读着一片深邃的海。光阴就这样在身边无声地流淌着，慢慢地慢慢地将日子从我们的指间带走，而我想握却握不住什么。松开手，只有一些记忆的水滴从掌心缓缓滴落，就像我忧伤的泪水。

"To be or not to be,this is a problem."（生或者死，这是一个问题。）哈姆雷特如是说。尽管平时我是一个很理性很睿智的人，如今却无法笑看风云。我承认我做不到彻底的超脱。我不想知道那之后的故事，因为我怕我触痛心底的痛。我再也触不到你——天堂，一个我无法触及的地方。我怕那种因为无奈而生出的牵挂和伤感。

想你。想你们。想念那些曾经走过的日子。

接到小朱的短信的时候，我正看着窗外的那一片花儿。我之所以痴痴地看着她们，是因为我忽然地发现，原来夏花是如此得绚烂。如果说春花还有几分的娇嫩和天真烂漫，这夏花真的是灿烂了，竟带着些灼灼的狂热，肆意放纵地开着。或许她们知道这是她们最亮丽的季节，错过了花期，生命再也不复美丽。在这个火热的季节；或许是这绚烂的夏花，让我想起了曾经一起绽放的花儿和日子？心里酸酸的，居然有一种想要落泪的感觉。那一刻，我的心底潮潮的。

没有什么约定，一切都是缘分使然。

盛开着，在爱与忧愁之中绽放着各自的魅力与美丽，光华灼灼如绚烂之夏花。熄灭了，那一朵朵花儿收拢了翅膀，各自飘飞在天涯。

沉寂，我在这沉寂中寂寞地醒着。

花开花谢朝起潮落，最耀眼的时候也许就是凋落的开始，谁也不可能永远留住春天。可我还在，即使我是这最后的守护者。生如夏花，就不会因无人喝彩而拒绝开放，即使只是一瞬间的美丽，即使换不回整个的春天，但我毕竟绽放了，我的美丽一定会照亮一些眼睛，一定会感动一些心灵。

面向大海，我就在这里，等着你，等你们，不管会不会来。

> 我从远方赶来恰巧你们也在，
> 痴迷流连人间我为她而狂野，
> 我是这耀眼的瞬间，
> 是划过天边的刹那火焰，
> 我为你来看我不顾一切，
> 我将熄灭永不能再回来，
> 我在这里啊——
> 就在这里啊，
> 惊鸿一般短暂，
> 像夏花一样绚烂。
> 这是一个多美丽又遗憾的世界，
> 我们就这样抱着笑着还流着泪。

想你。

想你们。

想念那些鲜花盛开的日子！

那一年，雪花漫天舞

一

收到一张贺卡，封面没有署名，打开一看，几行熟悉而娟秀的字跳入眼帘："亲爱的老公，新年了，家人静静地在一起，就是幸福安康！爱你的老婆。"

霎时内心就温暖起来，窗外零星地飘着雪花，天色灰蒙蒙的。多久多久了，每日忙碌的工作、奔波的生活，已经让我忽略了生活中原本的感动，而今天我收到的这个来自你的最温馨的祝福勾起我无限的思绪。

那一年你远在七八里路之外的农村小学上班，外面大雪漫天，傍晚我骑着摩托车去带你，顶着凛冽的寒风，刚刚有了身孕的你妊娠反应非常厉害，坐在摩托车后紧紧地抱着我。雪下得越来越大，遮掩了我的视线，甚至铺满了整个田间的道路，让我辨认不出方向。我只得让你下车，我推着摩托车艰难前行，你跟在我身后，拉着我的衣襟，鞋子在雪地上发出"咯吱、咯吱"的声音,你走几步就停下来喘口气,还要强忍着翻江倒海般的胃部反应,我不时地扭头看你,身上落满了雪花,刺骨的风卷着雪珠将我俩包围在苍茫的天地间,唯有身后留下长长的车辙印和两行深深的脚印。

那天回到家已是很晚,初有身孕的你就想着吃泡面,那一天刚巧是我的生日,按照习俗应该吃面条,我做了两碗鸡蛋面,没有烛光,没有蛋糕,甚至没有太多的祝福语言,简陋的房子里我俩就着泡面吃得"呼哧呼哧",窗外簌簌的雪压枝头跌落的声音丝毫没有冲淡我内心的幸福感,那一晚,我记得你就跟我说过这样的话语:"一家人在一起,就是幸福安康!"。

二

"北漂"的你在QQ上给我留言:"你那里下雪了吗?"我回复信息:"下了,一场大雪!"你又复留言:"还记得那一年雪花漫天舞?"我一时无法回答,但是又怎会记不得呢?

那一年我独身去北方的一个城市求学,也就是在那个冬天认识了你,你比我大几个月,总是戏谑着要我叫你姐姐,我就叫你"小姐姐",拗扭不过我,你后来索性由我:"小姐姐就小姐姐吧,毕竟还是姐姐。"真的,你就如一个姐姐般呵护着我。记得那一年的雪下得很频繁,每次的雪都下得很大,你看着我通红的手无语,第二天的晚上我的书桌里就多了一双手套。还记得是个星期天,外面仍然下着雪,大清早你就在男生宿舍楼下大声地呼喊着我的名字,让我下来。整幢楼的男生都打开窗户伸出头来看你,你穿着大红的滑雪衫站在雪地里,害羞得我不好意思下来,你在楼下舞动着一条洁白色的马海毛绒围巾,一定要我下来试一试。在众多的嬉笑声中,我终究没能走下楼,尽管我很喜欢那条围巾,尽管我知道那条围巾一定很暖和，伤心的你站在雪地里很久很久才离去。后来我才知道，为了织那条围巾，你哀求着宿舍的女伴一针一线地教会你，白天下课的间隙你也捧在手上织，晚上到了宿舍别人休息了，你还在电筒的灯光下织，花费了整整三天的时间，自己的手上都生了冻疮。临近毕业的时候，已经是夏天了。班级聚会的那一晚你还是将那条围巾送到了我的手上："明天就要都离开这个城市了，天冷的时候记得围上，也就记得我这个小姐姐了。"

围巾依然还在我的挂衣橱里，只是物是人非。十多年过去了，你一直在"北漂"，甚至可能会继续"北漂"着，听同学说你至今还是孤身一人。新年快到了，外面又是大雪漫天舞，我看着这条围巾想起了你，那些懵懂的情愫啊在青春的岁月里已经渐渐淡去，小姐姐，你还好吗？

三

耳边听着一首歌："那一年的大雪中,你轻轻敲我的窗，告诉我你堆的雪人,很像很像我的模样,你等我说,说我真的感动啊。"雪落依旧，不由自主地想起一些人，一些事儿，不为别的，只想通过漫天的雪花传递一种信息：新年了，总有别样的情绪温暖着每个人的心头！

这一年，窗外依然大雪漫天舞！

风吹麦浪

麦子熟了。

接下来的这段时间，二叔又该开始忙碌了起来，他必须赶在长江中下游梅雨季节来临之前，将守候了满满大半年的收获从田里安全地挪移到仓里。割麦、收麦、打麦、晒麦，每年的这个时节，都要机械地重复这样的程序，重复得就像他额头上日渐增多的一道道皱纹。坐在田陌上看着眼前一大片金黄色麦子的二叔，微眯着眼睛惬意地点燃一支皱巴巴的纸烟。"家有余粮、心里不慌。"才六十出头的二叔老气横秋地重复着这句话，劣质烟燃起的味道将他的牙齿熏得发黑，"这一熟收完了就不抽这劳什子了。"他使劲吸了一大口，直到海绵过滤嘴有点卷缩起来，才将烟屁股狠狠地踩在地上用脚跟碾了碾。

每当麦子熟了的时候，二叔几乎都会说同样的狠话，但始终没见他真正的戒烟。不识字的二婶不以为意："男人家，忙活一整天做累了，也就吧唧吧唧几根烟，他喜欢就由他去吧。"二叔喜欢的，二婶都喜欢。当然，二婶最喜欢看的还是二叔种植的庄稼，比如眼前的这一片麦田，仿

063

佛一大罐的金黄色颜料被打翻在了广袤的田野上，处处显现泼墨油画的惊艳姿态，二叔的食指和中指，被香烟也熏得与麦子一样的金黄。二婶看惯了二叔种植的麦子颜色，也就对二叔烟熏的手指颜色不以为意了。

二叔现在是村子里公认的种庄稼好手。

他原本是不会种田的。"你二叔曾经是兄弟姐妹六个中长相最为帅气的，是我们害苦了他。"豁掉了门牙的奶奶时常唠叨着这句话。二叔害过小儿麻痹症，不过，这病症除了让他的左手指现在越来越像鸡爪蜷缩起来了之外，并没有影响到他的智商发展。二叔是知青下放到村子里来的。作为班上最优秀的学生代表，那一年他一腔热血背着一捆洗漱用品就来到了盐碱花泛白的海边。到了农村不久，他凭着自己初中水平仅有的那点物理知识，很快竟然就成了全村唯一一辆拖拉机的驾驶员。那个时候的拖拉机，除了每天拖着一挂旋耕机"嗷嗷"叫着奔驰在高低不平的田野里翻田，绝大多数的时间是在大队部为全村麦农脱粒。"我那个时候抽的烟就是大前门，大队干部都抽不到的香烟。"说起往事，二叔记忆最深的还是香烟。也难怪，全大队就一台拖拉机收麦子，三夏五抢的时候谁家先收、谁家后收，那都是要听二叔的安排，每家每户都想在梅雨季节来临之前把麦子收到仓里才会踏实。麦收时节，是二叔的身份陡然拔高的时节，大到大队的书记、主任，小到记工员、农户，都会早早地在清晨或者傍晚，特地到二叔家里走一遭，除了敬上一包烟，或是别的土特产，说得最多的一句话就是："老二啊，看能不能通融一下，帮我家那几亩麦子先打谷？都堆在场上好几天了。"每每这个时候，二叔总是很惬意地点上对方递过来的一根烟，深深地吸上一口，然后吐出一大泡的浓烟，对方在一堆浓烟里也根本看不清二叔脸上的表情："回去等吧，很快就到你家了。"起早贪黑的忙碌，原本还白皙的二叔在农村广阔天地很快就黑瘦了，黑瘦得成了一个地道的农民。

不过，耿直脾气的二叔并没有能够一直将大队的那台拖拉机开下去。

大队书记的小舅子看上了这块肥差，不知道从哪儿摸索会了驾驶技术，再加上二叔的一双小儿麻痹症后遗症的手毕竟有时力不从心。那年麦收季节的第一天，二叔极不情愿地交出了拖拉机的摇把。因为贪恋每个繁忙的麦收时节，二叔错过了一次次回城的机会，等一下子无所事事想回城的时候，知青政策已经没有了可能。再后来，二叔娶了不识字的二婶，新一轮联产承包制落实，分家立户的二叔分到了七八亩地，侍弄拖拉机得心应手的二叔侍弄起田来，一点也不比庄稼老把式差，两年三熟，二叔田里的麦子如同二叔渴望知青下放前城里生活的思绪一般疯长着，家神柜的三个格挡里总是满满的金黄色麦子，一年又一年。

身体有残疾的人脑瓜子总是有根筋要比普通人灵活，二叔就属于这一类的人。他并没有安心侍弄那几亩地，弯曲着鸡爪一般的左手，捣鼓捣鼓的竟无师自通学会了电工。左邻右舍、东家西家，谁家的电灯线路老化了、日光灯管坏了、灯头锈了，找到二叔递上一根烟，讪笑着还没开口，二叔就拿起早已备好的材料上了门，忙得满头大汗，最后拍拍手接过人家递过来的一根烟："好了！"挎上二婶用黄帆布给他做的电工包，材料费也不收就走了。大队书记小舅子驾驶的拖拉机机头线圈长时间高速运转烧坏了，到城里去修要一个多星期。先不说麦收时节"拖拉机一响、白花花的银两"，单说乡亲们已经收割上场的麦子一垛一垛的捂得开始发热，黄灿灿的麦粒渐渐转黑，全村人都变得束手无策，唯一的希冀就是等待。等待历来就是一种刻骨铭心的煎熬，尤其是已经到手的丰收喜悦，却因为拖拉机头坏了、脱粒机用不起来而扑灭的时候，所有人的心都揪得刺痛。天蒙蒙亮，二叔挎着电工包叼着一根纸烟掀开了盖在拖拉机头上的草帘子，手脚麻利地拆开了机头，从清晨捣鼓到半夜，满天的繁星眨着眼睛陪伴着二叔。终于，熟悉拖拉机头的轰鸣声再次在村子的上空"轰隆隆"响了起来，响得惊醒了全村已经熟睡的麦农。书记小舅子腆笑着递给二叔一根烟，赶忙要给二叔家发热的麦子先脱粒，二叔却抱起了村西首王大爷老两口的麦秸塞进了脱粒机。王大爷王大娘老泪纵横，好几年了，在二叔开拖拉机的时候从没抽过他们一根烟，反而他们家总是村子里第一个脱粒麦子。

不过，二叔的电工手艺最终并没有得到完全施展。乡上农电站接到群众举报说二叔没有电工操作证、私拉乱接。来了十几个人客客气气调查、做笔录、摁手印后，对二叔说："情节不严重，但坚决不允许再为他人干电工活了。"不愿意惹是生非的二叔卷起黄帆布包揣进了高低床的床肚子里。而那些他曾经免费甚至倒贴材料装电的人家未见一人出来帮他说句话。二婶倒也宽心："不去弄那些旁门左道也好，钱不晓得倒贴多少，还落不到一句好话，自己屁股红彤彤，还给别人医痔疮，我看你还是把自己田里拾掇拾掇才是真的。"不发脾气的二叔冲着二婶瞪了瞪眼，二婶不敢再吱声。不过，从那以后，二叔的种庄稼本事见长，七八亩田被他收拾的四四方方、清清爽爽。

布谷鸟掠过麦田的上空向远处飞去，"麦干草干"的叫声盘旋在二叔麦田的每个角落里，一阵风吹过来，吹得原本低垂着头的麦穗一个个不由自主地摇动起来，就像在应和着布谷鸟清脆的叫声。麦秸根深处，偶尔还有几朵紫色的不知名的花儿衬托着，在一片金黄色的麦浪中特别的显眼。二叔撸起一根麦穗，再用双手轻轻搓揉之后，摊开有些皲裂的手掌，撅起干裂的嘴唇吹去细碎的麦皮，饱满的青黄色麦粒如初生婴儿般的嫩，二叔捻起一颗麦粒丢入嘴中，慢慢地用牙齿嗑开磨动了几下咽了下去，乳白色的麦汁在二叔的嘴角泛起了沫花，二叔哑巴哑巴了几下："嗯，灌浆灌足了，今年这收成，一亩地怎么也得有个一千四五百斤。"他将剩余下的一小把麦粒揣进了裤袋里："还够那几只鸡啄几下的。"

二叔说的是二婶在屋后喂养的十几只草鸡。每天早上，那只高大的金毛雄鸡鸣叫声就仿佛是二叔设定好了的闹钟，周围的邻居家中也会在鸡鸣几声之后忙碌起来，家家的烟囱里都会向外冒出浓浓的炊烟，在清晨的微风中飘向远处一大片的麦田。二叔在美美地抽上一支烟后，端起前一天晚上剩饭冷汤倒进鸡窝里，看着一窝鸡蜂拥而来甚至会踏翻了鸡食盆，二叔总会骂上一句："一群饿死鬼投的胎！"骂归骂，二叔也不反对二婶养几只鸡，因为在手头紧的时候，草鸡蛋毕竟可以换来亮锃锃的现钞，偶尔二婶也会在清晨从鸡窝里摸上一两个鸡蛋煮上一碗蛋茶、搁点红糖端给坐在厨房门槛上的二叔："吃吧，吃完了再去田里。"从不嘴馋的二叔是不稀罕那几只鸡蛋的，倒是到了收麦的时节，等颗颗饱满的麦子全部装进了各式各样的蛇皮袋后，二叔就会到屋后将鸡窝的门打开，手里抓着一小把的麦粒，一边倒退着一边慢慢撒一路，直到将十几只鸡引到堂屋前的泥场上，才长吁一口气，掸了掸手："吃吧，这下能吃撑了你们。"一群鸡仿佛有了默契一般，在那只金毛公鸡高亢的一声鸣叫中四处散开来，开始在麦场的四周寻找散落的麦粒，一个个啄得食囊胀鼓鼓的。两三天内，麦场四周原本因为打麦而四溅的麦粒就会被二婶的那十几只鸡收拾得干干净净、一粒不剩。

田间的阡陌延伸向更远处，坐在反扣着的大锹柄上的二叔又摸索出一根烟，美美地点燃："收了这一熟，不长麦子了，弄不到钱，也做不动了，长点儿省心的东西。"二叔夹着香烟的鸡爪般的左手指着远处几条田开外葱葱郁郁的一片苗木林："没精力折腾了，要不然，我这七八亩地全部长苗木的话，发大财了。"

风吹过，麦浪依旧滚滚。二叔看着远方的麦田的神情有点迷茫，香烟还在他的手指上安静地燃烧着，曾经城市的记忆包括那段得意的知青岁月，在二叔的脑海中越走越远，远得他只记得亲手侍弄了数十年的这片麦田。也许终有一天眼前的这片麦田也会成为碳化的历史，二叔将归依何处呢！

第三辑　走在乡村的路上

通关

夜，静谧得让整个村庄都笼罩在一片灰白色之中，只有远处大路上偶尔传来的几声汽鸣声，偷偷摸摸地裹挟着田野的麦香掠过村子，撕裂有些沉闷的天空。

"爸，咱就买个车吧？咱家又不是买不起！"顺子已经记不得这是自己这个月来第几次央求老爷子了。

"不行！"老爷子硬邦邦地撂出两个字，又狠狠地将烟屁股扔在地上，用脚巴掌使劲儿踩了踩，"你别妄想了，这一关行不通，我说不行就不行！年轻人，要出什么风头？"

见老爷子始终不肯松口，顺子气得在门窗上捶了一下："行，不要你管，我自己贷款买！"顺子甩门而去。

三五天没见顺子，也没人提起。事实上，即使顺子在家也帮不上什么忙，除了在家上上网，要不就是所谓的出去谈生意，也没见顺子到田头几次。每次老爷子刚一开口，顺子就说是在网上寻找商机。"鬼才信呢，网上能有什么商机？种田人，还是踏踏实实种田。"老爷子"呸"了他一声。

麦子长势很好，丰收是不成问题的。可是往年那些已经开始串门走户的粮食贩子却一个踪影也不见，这让老爷子不免有些焦急起来：赊欠的化肥农药、雇工工资都指望这些麦子呢？

而昨夜老爷子听到了更糟糕的消息是：北方粮食大丰收，已经压得本地的粮食完全没有了利润空间，本地的一些粮食贩子纷纷改行了。

老爷子的烟抽得更凶了。顺子依旧杳无音讯。镇上春季里赊欠的农药化肥的店家已经三番五次打电话过来催账了，老爷子赔着笑脸说："再等等，再等等，等这一季粮食卖掉了，我肯定把钱送到您店里来！"

任何的等待都是焦虑和不安的。

收上场的麦子靠近泥土的地方已经开始返青发芽了，那一颗颗的芽粒像针一样刺痛着老爷子的心，很多时候，他觉得堆在场上的麦子就像一座山一样压在他的心上，让他时刻有喘不过气来的感觉。

粮食贩子没有等来，等来的是顺子开着一辆灰头灰脸的小轿车回来了。在傍晚的夜色中，覆盖的灰尘几乎要掩盖了轿车本身的黑色，车前两个明亮的车灯瞪大着眼睛仿佛在嘲笑坐在场边上抽烟的老爷子一般。他有种拎起锄头砸碎它的感觉。

顺子打开车门，溅起一阵灰尘，满脸疲惫地从车上下来。

"你还知道回来？"

"爸，赶紧收拾，打电话让装袋的雇工过来，运货的卡车马上就到。"

"咋的？"

"上周我去贷款刚提到车子，这不，在网上听说今年本地的粮食价格要下跌，我就寻思着能不能找个大型的饲料公司合作一下，结果我没来得及跟你说就直接去了陕西。"

"陕西？那么远！"

"我开车过去的，一天一夜就到了。这不，合同拿回来了，你看看，小车速度快，我就先回来了，他们随后就到。"

黑夜里，老爷子隐约看见顺子的眼里布满了血丝，嘴角抽搐了几下，难得的撇出了笑意："去那么远，说一下也好啊！你去吧，这里交给我。"说着，一下子就从场地上站了起来。

"好咧！"

"对了，你小子可给我听好了，这是第一次，也是最后一次，以后开车可不能这么快，否则，我就把车给你没收了！"老爷子又硬邦邦地撂出一句话。

"嗯嗯，一定做到！"顺子扮了个鬼脸，摁了一下车钥匙上的遥控开关，橘黄色的车前灯在昏黑的夜里一跳一跳的，照亮了整个麦收的场地，明晃晃的。

情系惠阳路

  惠阳路，从范公大桥北侧横亘而过，静静地依傍在泰东河北岸，东贯通榆河，西接引江河，成为连接沿海高速、城东新区、中心城区和西溪景区的主动脉。高空俯瞰，她就像一条七彩的云锦飘带，划过东台这颗黄海明珠。惠阳路的东延西扩，不仅拉开了东台市区的城市框架范围，缓解了市区交通压力，更成为城南区域一道独特的风景线。

  里下河地区长大的人，对道路都有种奇妙的感情，因为地理形貌的特性所决定，范公堤以西的地区多黏土，一到下雨天就泥泞不堪，人翻车陷的；而东部因为是浅海滩涂演变而来的，土壤多呈沙性，"晴天一身灰、雨天满脚泥"就是真实的写照，更有顺口溜说"车子跳、某地到"。随着城乡一体化的发展，道路基础设施建设成为全市社会经济发展的助推剂，不仅仅乡村的道路三年一个大变样，市区的道路建设也在日新月异着，改建、扩建，两车道变身四车道、四车道变身六车道，柏油路面变脸为混凝土路面，涵洞、窨井等疏导设施应有尽有。惠阳路就成为这城市建设的佼佼者。

情系惠阳路，因为她风景如画的四季。春天，延伸至乡下的路牙两侧，漫天遍野的油菜花散发着一路的芬芳，这个时候，无论是步行还是驱车，空气中都弥漫着沁人心脾的花香，那是里下河特有的作物所散发出来的魅力。还有那路中间绿化岛上，紫红的是争艳的李树叶，绿的是傲骨临风的女贞，花边金黄的是洒金黄杨，嫣然的是一串红，还有那粉嘟嘟的月季花，摇曳在荠荠的春风里。夏天，万里无云的晴空炙烤着大地，惠阳路上却是一片扑面而来的清凉，油油的绿化带草坪上满目的生机，不甘寂寞的花花草草依然挺立身姿，风儿从花草丛间吹过，惬意的舒适感顿时就融入空气中，偶尔还会有着乡间种植的薄荷淡淡的凉爽。秋天，惠阳路的两侧是低头摇摆着的稻穗、麦穗，金黄色的波浪起起伏伏，路两侧的各色菊花竞相开放，白的、嫩黄的、玫瑰红的、金黄的，间杂这偶尔的一两朵红色，天空澄净得像水洗过一般，驱车行驶在平坦的路上，恍若是在青藏高原上放歌一样，内心澄明。冬天，惠阳路依然不失她绿意盎然的气质，四季常绿的树苗挺拔着身躯，即使是银装素裹的日子，寒风中的惠阳路就像披上了薄薄的棉衣，总是那样婀娜多姿，惹人喜爱。

情系惠阳路，因为她昼夜变化的美丽。白天，行走在宽阔的大道上，黄色的交通警示线格外醒目，没有喧嚣、没有尘埃，甚至没有一点点浮躁的心态。尤其是在雨后的惠阳路上，空气中富氧分子散发到极致，直直的透过鼻腔、钻过喉咙，进入到肺底，嗅上一口便全身充满了活力。华灯初上的夜晚，两侧的橘黄色钠灯依次点亮起来，远远望去，就像遥不可及的星星，恍若置身在天上的街市，每一处路灯下的朦胧光线都那样的令人流连忘返，三三两两散步的人们，或是低头呢喃，或是款款而行，或是快走慢跑，这个时候，往常疾驶的汽车也放慢了节奏，甚至不需要摁响喇叭，仿佛也怕惊扰了这宁静的夜晚，惊扰了这水畔的净土。

情系惠阳路，因为她那座贯通通榆河的惠阳路大桥。大桥全长约

640 米，宽 40.5 米，为双向六车道，总投资 1 亿元，是盐城第一座钢拱塔斜塔斜拉桥。也是目前已知国内桥梁建筑史上单幅宽度最大的桥梁之一，它的建成之初就先后获得了"江苏省安全文明工地奖""上海钢结构协会金刚奖"。斜拉的钢索如同苏格兰风琴上的琴弦，弹奏着东台这座大美湿地城市的和谐之曲。尤其是在夜晚，流光溢彩的大桥在城市的南部点亮，七彩之晕，恍若横空而架的彩虹，炫目多姿，辉映着奔流不息的河水，折射着东台人民奔向小康之路的梦想。

情系惠阳路，于千万繁华中，我只是行走在你的宽厚之上，一路开怀！

站在新年的门槛上

时间的流逝，没有起点也没有终点，甚至没有任何临时停靠站，总是在不经意之间，就从岁月的长河里滑然而过。就像现在这样，我毫无准备地站在了新年的门槛上。

站在新年的门槛上，人生四十，即将迈入人生的另一处风景区，回眸过往四十年的风风雨雨，感恩父母亲将我带到了这个人世间。四十年的时光，是我蜷缩在母亲的怀抱里静静成长的历程，是我坐在父亲自行车大杠前无邪嬉戏的憧憬。无论年华怎么改变，在两鬓渐白的父母面前，我永远是那个长不大的孩子；无论走得多远，父母的心都像那风筝牵着的线越来越长；无论怎样的坎坷，父母的目光永远慈爱地看着我。又是新年，我长大了，父母却更老了，老得哪儿也去不了，还始终把我当成他们手心里的宝！

站在新年的门槛上，温暖如初。自从十五年前携着妻儿的手，共同筑造一个属于我们三个的家，爱情在时光老人面前渐渐转变成亲情，责任在无情岁月的擦拭下成为难以割舍的温馨。十五年的风风风雨雨，一同走来不容易，感谢妻儿的一路相知相伴、不离不弃。人生的路还依旧很长很长，曾经的我们有过争执、有过误会，但更多的是相互的理解和关爱。家，就是冬日每天早上那一碗热气腾腾的米粥；家，就是炎炎夏日一块切好乐的冰镇的西瓜；家，就是春天满目绽放的花儿、草儿；家，就是秋天金色田野上丰硕的收获。日子还在继续着，新年了，守护着你们的安宁是我最大的心愿！

站在新年的门槛上，人生如戏。每一个人都在人生的舞台上扮演着适合自己的角色，生旦净末丑，轮流着从台前到幕后。感激那些在我生命中曾经出现过的每一个人。给予我帮助的人，正是因为有你们，我坚持着；正是因为有你们，失败与我一起从头再来，成功与我一起分享喜悦；正是因为有你们的存在，我的心中一直充满向前的勇气和力量。与我有罅隙的人，同样的感激之意充满内心，正是因为有你们，我看到了自己的另一面；正是因为有你们，我才能不断地鞭策自己要飞得更高、做得更好；正是因为有你们，我才不敢懈怠，一直在做着那个没有打伞一路奔跑着的人。一路上感谢有你们，新年了，不去想曾经过得好不好，不去想曾经痛不痛，相伴永远，我会走得更加得坚毅、更加得踏实！

站在新年的门槛上，风雨无阻。这些年，文字成为我背负的行囊，路边的风景换了一茬又一茬，却从来没有停止前行的脚步。每个黄昏来临的时候，孤独总在我左右，我用焚香膜拜的虔诚，从唐诗的前世风尘里，从宋词的江南烟雨中，从元曲的缠绵悱恻上，寻找自己一生的梦想。新年的钟声，在呼啸的北风里又传来熟悉的声音，刹那间突然觉得自己好幸福、好幸福，不仅是一直可以用时光在烹煮着自己心爱的文字，更是因为用文字镌刻下一行行行走的足迹，从来就没有停止。新年了，我依旧翻看着泛黄的日记本，敲下一行行人生的感悟。

站在新年的门槛上，人到中年。亲情，事业，爱好，在时间巨大的沙漏上，像那缓缓滑过的流沙，没有一路的放声高歌，没有思绪的哀怨缠绵，没有人生的感慨万千，更多的是沉静的思考。时光不再，岁月无痕。我们每个人在人生的漫途上，都只不过是匆匆的过客而已，行程没有尽头，偶尔的风景也只是注目远眺，因为我知道我就是那只奔跑的羚羊，唯有奔跑，才是生命的终极追求！

　　新年，我给自己一张淡淡的素描，人生不一定要有国画的厚重、油画的富丽。淡淡的，最好，如同现在，我正站在新年的门槛上倚窗思考，定格成黑白分明的剪影。

我的"瘦身经"

过去，在办公室工作，接待应酬，几乎是从业人员绕不过去的一个话题。

可不是嘛，阿庆嫂都说过"来的都是客"。农村人都知道来人来客要讲究个排场，大宴宾客，联络感情。

于是，来者上级检查，得陪，觥筹交错；来者同级部门，得陪，推杯交盏；来者下级同僚，得陪，酒过三巡。处于社会实际生活中，难免有这样那样的交际往来，得陪啊，高朋满座，呼朋唤友，喝完白酒喝啤酒，吃完正餐吃夜宵，一碗红烧肉刚干光，下一场又是烧烤、麻辣烫。这不，我那原本还算匀称的身材，经过几年的吃吃喝喝，空间不见发展，横向倒是铆足了劲儿，就像一只吹了气的猪尿泡，一个劲儿地胀起来。

说实话，从爱上文字开始，我的内心就始终有一个身材倜傥、举止翩翩的文人梦：一袭羽衫，一把折扇，飘摇文字江湖，多美啊。可由于天生身高缺陷，于是"瘦"就成了我舍本求末的另一个追求。可偏偏这"倒扣的米箩"肚形根本就不在乎我内心的感受。以至于那几年，熟悉的人见我第一句寒暄就是"又胖了啊？"听得我节操碎了一地，又不好反驳，毕竟人家说的是实话吧！

去买裤子，长度上从来不要担心，甚至裤腿截下的一段能给儿子做个裤衩穿，就是因为非有大尺码的才能装得下我凸出的肚子。而且这身体胖了之后，高血压、高血脂、高尿酸、小腿静脉曲张等等毛病也伴随而来，每每单位体检，最不待见的就是体检报告上一串串、一行行的"+"。应酬多，妻子孩子的怨言也多。妻子说："你这打呼噜的声音，恐怕整个楼层都能听见。"妻子甚至患上失眠症；孩子也祷告："老爸，你老在外喝酒应酬，难得见你晚上回来陪我做作业。早上送我上学身上还一阵酒味儿、烤肉的孜然味儿。"

我哪又情愿在外面应酬的？没办法，还得陪着一副苦憔的笑脸对着妻子孩子："应酬也是工作需要啊！"其实，内心对应酬的那个恨啊是无以复加的：喝坏了身体喝坏了胃，喝伤了感情喝伤了家庭。

也尝试着减肥。去锻炼、跑步，体重没减，胃口反而更好了。吃减肥药？那可是饮鸩止渴，于我而言绝不可做。减少应酬？怎么可能啊！让你去陪上级领导，是抬举你的身份；让你去接待同级部门，是便于工作联络；让你去招待下级，是为了年终测评有个好印象；至于朋友之间，更加不好拒绝，难道在这世间就没有个人情往来了吗？

看着自己日渐臃肿的身体，其实，我内心的郁闷也日渐加重，甚至悲观起来：不知道这样的身体能不能熬到拿退休金的那一天。

所幸，正在我彷徨无措之时，"八项规定"自上而下、一贯到底、立即落地见效。之后，省、市委及部门相继出台规定。系列警示教育随之而来，大会讲、小会谈，瞬间筑起坚实的大坝。

红线既出，人人避之不及。上级检查，一律禁酒，限制陪餐人员，锁定用餐标准；同城兄弟单位，工作接洽完毕，来人各散，客去主人安；下级部门来人，一人一张工作餐券，各吃各的，省去陪伴之劳。至于三朋四友，难免有被"八项规定"这张网罩着的，偶有体制之外的人打个电话邀三约四，得到的回答无一例外是："免了吧，还是回家陪陪妻子孩子，回家喝喝粥多舒心啊！"是呢，酒后失态、失言甚至失德者，在单位学习的反面教材里历历在目、发人深省，犯不着为了一顿饭葬送自己多年的工作辛劳。

个人感觉，"八项规定"似乎就是为我量身打造的——它成了我最有效的"瘦身经"。

过去，临近下班，最怕就是电话响起："晚上一块儿弄个酒啊？"有时候故意关机，第二天人家还不欢喜："乖乖，现在架子大了啊，请都请不到了啊！"现在倒好，临近下班，希望电话响起，耳际总会传来妻子的声音："中午就熬好了粥，还炒了黄豆米咸瓜子，晚上回家吃啊！"

晚餐桌上，几碗薄粥伴着爽口的黄豆米咸瓜子，小肚也喝得滚圆。可是，说来也怪，晚上喝了几年的薄粥，血压竟然稳定了，血脂也彻底降了，尿酸也不高了，小腿静脉曲张也好多了。最明显的是，体重竟然下降了十五斤，凸出的肚子瘪了下去。

这不，妻子刚刚又打电话来了："晚上吃完去散步，顺便给你买条裤子，你看看你，裤腰太大了，都皱在腰间。"电话那头传来她窃窃的笑声。

喜鹊的智慧

　　王大爷屋后头楝树上的喜鹊又孵窝了。

　　这从每天早上"叽叽喳喳"的叫声中就能够听出来：叫声清脆的，是母喜鹊从外面叼了虫子回来喂食时的喜悦；叫声稚嫩的，是幼喜鹊张着黄牙小嘴嗷嗷待哺的饥渴。不过，王大爷并没有在因为喜鹊每天清晨报喜鸟一般的叫声而感到丝毫的喜悦。台风季节要来了。每年台风从屋顶上呼啸而过的时候，屋后头的这棵楝树就成了王大爷心头的唯一担忧，担心哪天楝树会被台风刮倒，唯一赖以寄身的老屋可就遭殃了。

　　王大爷每天背着手在楝树下转悠，看着原本只是几根枯树枝搭建起来的喜鹊窝这几年越来越大，大得占满了楝树主干顶部的分叉处，这使得原本就有点头重脚轻的楝树，一旦有风吹过来的时候摇晃得更加的厉害了，而且在摇晃的过程中，每一窝的幼喜鹊总仿佛很害怕似地发出凌厉的惨叫声，然后是母喜鹊心神不安的跳动，一会儿飞到屋顶，一会儿飞到窝里。在大自然的灾害面前，即使每天都在天空飞翔的喜鹊有时也显得很无能为力。"砍了它！"每夜在幽静的老屋里听着屋后楝树上呼啸的风声,加之大小喜鹊的叫声,无法入睡又提心吊胆的王大爷终于下定了决心。

王大爷准备好了绳索、大锯,并且自制了一副脚套撑着已经驼背的身子爬上了楝树喜鹊窝处,用三根绳索分别绑在了主干分叉处,朝着老屋方向的外围拖曳着,防止楝树在倒下来的过程中砸中老屋。喜鹊窝内的幼鸟默不作声地看着爬上树来的王大爷,以一种新奇的眼光打量着这个不速之客。"皮之不存毛将安附焉",母喜鹊应该知道了王大爷的意图,它叼着一根虫子躁动不安地跳来跳去,声音叫得如同夜晚幼喜鹊的叫声一样凄惨。王大爷已经顾不上这些了,他必须赶在台风来临之前砍倒这棵树,已经好些个夜晚没有能睡个囫囵觉了。

锋利的锯条开始刺进了楝树的底部,渗出了些许的液体。王大爷大口地喘气的声音混合着锯条在树木间刺耳的磨动,让母喜鹊越来越烦躁。它一会儿振翅飞向天空,一会儿一个俯冲下来站在窝边,一会儿又跳到老屋的屋檐上,一会儿又好似用尽了全力在大声地抗议。王大爷已经顾不上这些了,锯条已经深入楝树底部一指宽了,沉重的喘气声让他仿佛听到了自己夜晚沉睡发出的鼾声,让他不由自主加快了手臂拉动锯条的频率。

母喜鹊的声音已经有点嘶哑了,嘶哑得原本清脆的叫声像刚刚发育成熟的雄鸭。在千百次的跳动、飞跃之后,母喜鹊终于一个俯冲下来,从王大爷的头顶掠过,坚硬的爪子抓落了王大爷的帽子,露出了头发稀疏的头顶。大大爷下意识地去捂住头顶,母喜鹊已经又一个俯冲从高高的天空直接栽了下来,尖尖的嘴一下子啄在了王大爷的手上,疼得王大爷下意识地甩了甩手,鲜血点点滴滴洒落在灰白色的锯末上;母喜鹊没有就此罢手,再一次飞到高处俯冲下来,在王大爷微秃的头顶上留下了一道印记。就是这一下,让王大爷彻底丧失了继续锯树的勇气,他忙不迭地扔下了锯条逃回了屋内。接下来的几天里,王大爷就在与母喜鹊的争斗中煎熬着,甚至不知道从哪儿来了一群喜鹊加入到了啄打王大爷的行列,只要他一出门,门口的喜鹊就开始"叽叽喳喳"地呼应着,连靠近楝树一点点都不行。最终,楝树没有被锯倒,年迈的王大爷不得已自己首先鸣锣收兵了。不过,楝树依旧是王大爷的心头之患,相安无事一段时间后,他将原本已经绑在楝树主干上的三根绳索分别用地钩固定起来,使得原本摇晃不堪的楝树变得稳如铁塔屹立。

这个台风的季节,楝树不再摇晃。每天,王大爷在幼喜鹊呢喃的细语中沉沉睡去;清晨,又会在喜鹊欢快的叫声中醒来。王大爷的老屋也没有因为台风而被楝树砸中,喜鹊们每天依旧在楝树上的窝里进进出出着!

灿烂如初的笑

再见到梅，是在国贸三楼的珍贝羊绒衫销售专柜。
"林老师，买东西的啊？"梅的笑，一如我初识她时。
"嗯，逛逛的。"其实，我不是购物的。天热，晚上与妻子一同散步出了一身汗，找不到可以纳凉的地方，就随便走了进来。蹭空调的人肯定不止我一个，梅能从熙熙攘攘的人流中认出我，有一点点的小感动。
"进来坐会儿吧，看你们满头大汗的。自从你们搬走后，都好久没有遇见你们俩了。"梅拉着妻的手，笑盈盈的。妻看着琳琅满目、色彩绚烂的羊绒衫，目光又舍不得离开了。
妻扭头看我："要不，就坐会儿？"妻知道，我最怕的就是逛商场，我点点头，跟着她俩走了进去。
妻在衣架上一件一件地翻看着，梅跟在她后面，随手整理着被妻翻乱的服装。
与梅相识，是因为曾在同一个小区、同一个楼道、楼上楼下住过两年。平时见面，一上一下，擦肩而过，习惯性地点头问好。

后来，某次去小学门口带孩子。又见梅。

隔着一条马路，相互点了一下头，算是打了招呼。儿子跟一个女生并排出来交谈着出来。女孩子明眸皓齿，一路奔向梅。诧异问儿子："你同学？"我知道，儿子天性腼腆，非熟悉的人不肯开口，何况对方是女生。

"嗯，一年级开始就是同学。今天才知道她竟然和我家住一个楼道。"儿子有点欢喜地告诉我。我抬头看着路对面的梅。

梅是那种夹裹着儒雅气的女子，一袭长发，一架淡紫色眼镜，似乎不带半点人间的烟火气。

"两个孩子是同学啊？"她也有些诧异，面带微笑。

"唉，我带孩子少，基本都是外公外婆来带，我上班没有个定时，孩子也跟着累。"她有点无奈，不过，很快又笑了起来："虽然忙一点，但是我很喜欢自己的这份工作。"

我想问她在哪儿上班，欲言又止。毕竟只是邻居，交往也不多，未免会有些唐突。之后的邻居时间里，偶尔见到她，不是见她微笑着下楼出门，就是她正微笑着爬楼梯回家。

妻试穿了几件，换来换去的。我终是有些厌烦："夏天，买这个，怕是不合适了。"

梅笑了起来："林老师，你不懂啊？夏天买春秋二季的服装是最划算的了，特别是羊绒衫，在这两个季节是销售旺季，一点折都不打，而现在买的话，因为是淡季，有的款式只有五折呢！"

妻被说得有些动心，不管不顾的试穿着。拿来换去，梅没有任何的不耐烦，眉宇间洋溢着笑，完全不是那种职业性的应付。

不是色彩不满意，就是款式上不合适。妻有些歉意："还真挑不到我合适的呢！"

梅笑笑，没有任何不满："没事儿，本来你们就是来逛逛的，也没有做好买的准备啊！这样，下一批有了新款，我告诉你，你再来挑。"她拉着妻的手，笑着说。

"真不好意思，烦你这么久，都挑乱了。"我被她说得有点过意不去。

"没事儿，不要说是熟人了，随便哪个顾客来，也不会厌烦人家挑选的。"梅麻利地挂上一件衣服，"做服务行业，要让每位顾客满意，只有用心去对待他们，用一颗包容的心细微服务，今天不买，说不定下次就买了呢！"

"还真是不易啊！"我和妻冲着她送上了一个赞许的眼神。

梅微笑着摆手："把职业当作日常的生活，也就没有什么了。再见啊，有了新款我会及时告诉你的。"

下楼回家，大厦内，清凉之气迎面而来。

经过服务总台，看到梅的照片在"十佳服务明星"之列，得体的国贸人特有紫罗兰职业装。照片上，笑容还是那样的灿烂，那笑，是对着眼前路过的每一个人的，发自内心的那种，如我初识她时。

秋意何垛河

何垛河，穿东台城中部而过，如敦煌飞天飘逸的衣袂掠过这方热土千年的风雨。她西自引江河婉转而来、缠绵不断；东接泰东河款款而去、奔流入海；南濒向阳河，与之隔街相望、含情脉脉；北眺串场河，坐拥盐阜传奇、演绎神话。

我曾经无数次猜想着，她莫不是天仙配中王母娘娘用金簪划成的那道天河？因为董永和七仙女的传说就诞生在东台的西溪古镇，而何垛河则将古老的东台城一分为二，甚至后来曾经有两位仙女在这道河上修建了一座至今保存完好的二女桥。或许，何垛河从上天降落的那一刻起，就被赋予了神奇的内蕴。

我喜欢漫步何垛河畔，尤其是喜欢这秋日的何垛河，在沉醉的西风里，她被装扮得那样的艳丽、窈窕、惹人怜爱。我想，那位沉睡千年后醒来的楼兰新娘，也不过如此罢了。不信，你看，何垛河仿佛每一秒都不肯移挪她那一往情深的目光：潺潺的流水顾盼着天空，蓝天、白云的倒影在碧波里流淌，金灿灿的阳光就是那富丽堂皇的殿堂，荇荇摇动的水草是她端庄的外形，明澄的蓝色好似轻裹的嫁衣，而那朵朵变幻莫测的云彩恰如她凤冠上五彩的霞帔。

秋日清晨的何垛河畔，清凉的风夹裹着富氧的分子从河道上吹散开来。红红的李树微撑开饱蘸露水的叶子，一道水痕划过沉寂了一夜的落寞，睁开了惺忪的眼睛。那圆球状的松柏、黄杨、龙柏等也纷纷不甘寂寥，借助着微微风力轻轻招摇着簌簌作响的手掌；高处的垂柳发出柔美的应和，在咿咿呀呀的舞姿中显得更加地婀娜了。两岸，是三三两两晨练的人们，有的在绿树丛中舒展身手、神情严肃，一丝不苟地练着太极拳；有的在护栏边凭风而立、微闭双目，深深地呼吸着湿润的空气；有的在慢跑倒走、步履轻盈，欢声笑语洒满两岸的每个角落。偶尔一根钓竿从晨曦中伸展出来，端坐在高台上的那位戴着太阳帽的老者一动不动地凝视着水面的浮漂，脸上的沧桑如同东台的历史一样深厚。

秋日午间的何垛河畔，已经柔和的金色阳光铺天盖地洒落下来。水面上，波光粼粼，偶尔皱起一道紧密的水纹，调皮的鱼儿不断穿梭着细巧的身躯逡巡往复。河岸上，盛开的各色各样的花儿绽放着极致的诱惑：白色的、黄色的、紫红的条状的菊花如同节日天空的烟花般绚烂，长长的花瓣像海水中轻舞的章鱼触角；粉色的、深红的、大红的片状蔷薇花羞答答的，暗自吐露着芬芳，恍若一杯极具魅力的鸡尾酒那样多情、令人陶醉；张扬的一串红当然是不肯放过着表现的机会，将株杆上的花朵不断一张一翕，如同那舞女嫣然的红唇，仿佛你看一眼就会不忍拒绝她的美丽。宽厚慈祥的女贞树淡然地打开硕大的树冠，让阳光一缕一缕地透过来，碎金般地落满地面，在风儿的助力下，傍水的河岸刹那间就灵动起来，好像突然间有了生气一般，在流水波声涌动的歌曲伴奏下，挥舞着华丽的长袖，跳一曲C大调乐章的华尔兹。

秋日暮色的何垛河畔，刚才还叽叽喳喳的鸟儿欢快地收拢了双翅躲进茂密的树叶里。喧闹了一天的河道两岸，在穿行而过的船只汽笛长鸣

089

声中，如同说书的惊木拍了下来，在"啪"的清脆声中，一切归于寂然。那些白天还五彩缤纷的花儿、草儿、树儿，都无一例外地被西天的晚霞染成了红色。她们像谢幕的演员般收拾好华美的演出服装，换上了平日里的素颜，静静伫立在微风中，河道两岸的橘黄色路灯依次闪亮起来，偶尔还眨巴着眼睛，忽溜溜的看着从身边步履匆匆的归家行人。夜色更加沉重起来，不知名的虫儿试着放开了嗓子，先是一声"啾啾"的嘀咕，然后在蟋蟀这个公认的音乐指挥家的和鸣里，瞬间就从河道两旁鼓动开来，像开始了一场晚间的音乐盛宴……睡意从静谧的何垛河上弥漫开来，两旁林立的住宅楼灯光也挨个的熄灭了，唯有潺潺不断的河水日夜东流不息、不知疲倦。

　　渐浓的秋意里，我徜徉在这柔情的何垛河畔，她的四周已经是一座迅速崛起的现代化中等城市，而何垛河就依偎在这城市的中央，显得那样的宁静、安详、清纯、质朴。她在古先盐民晨钟暮鼓的涤荡下，依旧一路放歌而来；在二女桥头神奇传说的憧憬里，依旧百年亘古不变；在范公堤边烟雨飘渺的写意中，依旧千载源远流长！

一路向西到我家

母亲打来电话，说屋后的水泥路刚刚浇筑好了。我才恍然觉得：我已经许久没有回老家了。说走就走，车子行驶在回家的路上，我心潮澎湃。

其实，老家一直镌刻在我心中的，就如同屋后当初那条长长的泥路一般，穿过我前半生四十年的时光。那是生我养我的故乡啊！老屋前的池塘里，洒落了我戏水时的清脆童声；老屋四周的田野里，遍布了我采摘果蔬的脚印；甚至，那些至今高高矗立着的榆树上，还依稀留着我用铁条划下的痕迹。每一次置身于那混合着花香、草味与泥土腥气的土地上时，我曾经感觉到是那样的静谧、安宁，也唯有在故乡的怀抱里，我才可以褪下世俗渐渐掩盖的面纱，笑得那样毫不设防。

但是，近年来回老家的次数却越来越少，甚至中秋、春节这样的重要传统节日，都没有按照习俗在老家度过。并不是我数典忘祖、无情无义，实在是因为老家屋后的那条路太难走了。犹记得新婚的那天，凌晨就开始下起了蒙蒙细雨，当穿着嫁衣的妻子踩着泥浆下来帮着驾驶员用力推陷在泥潭里的婚车的时候，我的内心所有的诅咒都一股脑儿地冲着那条我曾经走了二十多年的泥路迸发出来，倒是妻子很大度地劝慰我："只是新婚要住在家里，没事的。"

婚后一段时间，母亲的身体欠佳，善良的妻子并没有忍心拉着我立即就搬了出去。于是，阳光灿烂的时候，我和妻子就在尘土飞扬中骑着车子到镇上去上班，身后常常是浓烟滚滚，到了单位都能拍打下一层灰；到了梅雨季节，老家屋后的那条路仿佛经历了地质灾害一般，到处是坑坑洼洼的泥潭，深一脚浅一脚的，泥浆四溅，一年下来，在泥水中泡坏了的皮鞋就有好几双。妻子嬉笑着说要穿上渔人打鱼时专用的全套塑胶衣服恐怕才能顺利地走完屋后的这段路。

不仅是这些。有一天晚上母亲生病了，我去请村上的赤脚医生，医生是我大姐，离我家也就两三里路的光景。等我从屋后的泥路上摸爬滚打敲开了大姐家的门时，大姐打开门吓了一跳：我浑身是泥水往下淌，就像一个泥猴子一般站在大家面前，大姐愣是没认出是我来。在得知我的来意后，大姐二话没说就拿着药箱跟我回来了。一路上，我也记不得大姐摔了几个跟头，我只是牢牢抱住了药箱，几乎是跪行着回到了家中。

母亲身体痊愈之后，因为孩子要在镇上读书，我就搬到了镇上居住。我也一直劝说母亲搬离老家随我们到镇上居住，不仅是生活上诸多的不便，更因为屋后的这条泥路太难走了。但是母亲却总是说"金窝银窝比不上自己的窝"，毕竟生活了几十年，不舍得放弃老家的一草一木。

等有机会离开老家进城工作的时候，我的态度是决绝的。离家前的那夜，我特意从镇上回了一趟老家，站在屋后的那条泥路上看了又看，我想把它写进我的记忆深处，因为我真的不想再从这泥泞的路上踏过，我更不想我的子孙后代也是从这样的路上踩着四溅的泥浆完成生长过程。

犹记得，离开的那个清晨，六月的阳光让原本泥泞不堪的路终于有一些好走了，我携妻将子不忍看身后白发苍苍的母亲，不忍回望身后的老屋，踩着依然有些柔软的路面，登上了进城的汽车。身后，母亲叮咛的话洒落一路："走了也好，走了也好，那就不要再受这个路的苦了！"其实，母亲不知道，我的人虽然离开了，我却将更多的牵挂留在了老家，留在了那条母亲依旧要走的泥路上。

喜讯是从今年三月开始的，是从母亲几乎一天一个电话中传递的："娃儿，据说后面这条路要开始修了，村里开始动员捐碎砖了。"

"娃儿，咋没动静了，你人头熟悉，打电话到镇上问问这条路还做不做了？"

"娃儿，昨天开来了几辆挖掘机，怕是要开始动工了！"

"娃儿，路面挖开了，碎砖铺上去了，村上说有钱的出钱、有力的出力，我不仅捐了碎砖，捐了二百块钱，还烧了一些开水给路上的工人送了过去。"

"娃儿，村子东头已经开始浇筑水泥了，估计一个星期就能到我家屋后了。"

"娃儿，真的浇筑到了我家后头了。"

……

其实，母亲说的这些我都知道，我已经不下于数十次的打电话到了镇上询问屋后那条路的工程进展。自从有一次偶遇家乡来办事的领导，说起那条路已经纳入农村公路改造的时候，我就和乡下的母亲一样天天关注着，我没有碎砖可捐，我没有时间去为工人们烧水，但是我悄悄地把那个月买香烟的私房钱都捐了，因为，没有人能比我更明白那条路的存在对我有着什么样的意义。

车子拐进村东头的时候，一条灰白色的宽阔水泥路一下子就跃入了眼帘，平坦的新水泥路面如同少女的面容一样细腻光滑，两侧的路牙整整齐齐的延伸着，路牙的外侧是护养水土而种植的高大的女贞树，透过密密的女贞树叶，更远处是一片金黄色的田野，而水泥路面就仿佛是在金黄色的地毯上镶嵌的一条银色的链子——那样的显目，甚至有些张扬！车子开得平平稳稳，前台上的水杯动也不动，一觉睡醒的儿子问我："这是哪儿啊？还有多久到奶奶家？"

我鸣了一声喇叭，指着前方得意地告诉他："沿着这条路，一路向西，就是我们的家！"

第四辑　在你的目光里缠绵

秋来鸿雁向南飞

"鸿雁，向南方，飞过芦苇荡……"每每听到这个歌声，脑海中就会浮现一幅壮美的画面：满目金黄，在悠扬凄美的马头琴声中，蒙古族歌手呼斯楞张开双臂站在辽阔的大草原上，潺潺的额尔古纳河在他身旁静静流淌，一行秋雁从遥远的天空掠过。

歌声里，秋日静美。鸿雁向南，我心向北。

那一年秋天，里下河平原稻麦一片金黄。在鸿雁南飞的"啾啾"声中，我背起行囊，第一次真正离开家乡，去北方一座城市求学。对外面世界的憧憬和对家乡的留念充盈了我的内心。但陌生的城市、陌生的学校、陌生的人，让我就像那行南飞的秋雁中掉队的一只一般无所适从。

直到遇见她。

深秋时节，在学校组织的一次文学活动中，老师把略显稚气、腼腆的她推到了我的面前："她写的东西还不错，以后你多带带她！"一袭黄衫、一头长发，端庄中散发着古典的魅力，一下子就撩动了我青春的情愫。活动结束后，我主动提出送她回宿舍。原本直线距离几分钟的路程，我们却不约而同地绕到了学校的操场边，谈着泰戈尔，谈着鲁迅，谈着徐志摩和陆小曼情事，在操场的跑道上走了一圈又一圈。等真送她回宿舍的时候，女生宿舍楼已经熄灯锁门了。相视莞尔一笑，不得已又再次走向偌大无人的操场。

走累了，就找一块厚厚的草地坐下来。话题依然是文学和诗经里的那些花事、情事。霜深露重，调皮的星星在遥远的天上眨着眼睛，我脱下外套披在她的肩上，她微微拒绝了一下就不再谦让。聊得没有话题的时候，我就打开随身听，将磁带倒来倒去，不停地播放着《鸿雁》，苍凉的歌声随着夜风传得很远很远……直到东方发白，校园里再次沸腾起来，她才像一只受到惊吓的兔子一般，睁开迷蒙的双眼，发现自己竟然已经斜倚在我的肩头睡着了。她歉意地笑了笑，我也会意地笑了。临分别，我塞给她一张纸条："你来或不来，每天，我都会在这里等你！"那是我学到的第一句用来表白的诗句。

那以后，枯燥的大学时光变得不再漫长，操场的跑道成了每晚我最期盼的守候，风雨无阻。而她，总会准点出现，没有客套的寒暄，没有亲密的举止，只是相视一笑。两个傻傻的身影总会在操场上一直走到校园一片寂静。熟悉之后，偶尔也会一起骑着那辆借来的破旧自行车，一起去工人文化宫看录像，一起去体育馆在水泥场地上溜旱冰，一起约上三五个文学爱好者去风光绮丽的郊区。

第二个秋天，她带我去见她的父母。那是一个很偏僻的乡村，坐了几个小时的汽车后，我却顾不上快要颠散的身体，拎着背包，牵着她温润的手，走在细长的高低不平的田埂上，口袋里的随身听被我调到了最大的音量："鸿雁，向南方，飞过芦苇荡……"我们放肆地对着空旷的田野大喊大叫，远处的回音伴随着袅袅上升的炊烟。尽管我的皮鞋最后都走掉了，脚踝也崴了，但是在葱郁的稻花香里，在悠扬的歌声中，我的心就跟头顶上澄净的蓝天一样舒畅。那个夜晚，她的父亲，一位慈祥宽厚的长者和我对脚坐在床头，在一明一暗的香烟灰烬中，跟我说了许多。沉浸在懵懂的初恋时光里的我，已经记不得具体都谈了些啥了，唯记得一句"你要真正对她好，我就放心了"。第二天，她偷偷告诉我，她的父亲已经是癌症晚期。那一刻，面对她红红的眼眶，我静默无语，却在内心对自己说一定要好好对她。

那年毕业季，芦苇花依约绽放。

因为没有能够如愿安排好她的工作，不得已，我先独自回到了南方的故乡工作。那个清晨，在薄雾缭绕的车站，我依依不舍地和她约定每天都要写一封信，我和她约定最多两个月我就来接她。在她泪如梨花带雨的挥手中，我像一只孤身南飞的鸿雁一样，潦草地离开了那座城市。

七八月份的长江中下游，梅雨季节显得特别漫长。但在初参加工作的繁忙之余，我总会在橘黄的灯光下铺开信笺，写满一纸的相思。每个清晨上班路上第一件事，就是到邮局去寄信。每天下班，我都会在单位的传达室徘徊等待。等待是一件煎熬人心的历程，尤其是满怀希冀地等待，却始终没有结果的时候。

为她找工作的事情进展并不顺利。

约定的信件也没有如期而至。但是我依然每天都写着信、寄着信。每一次的寄出，都是一份希望。我用我的虔诚呵护着我如花的初恋。尽管家人已经表现出了明显的反对，但我还是在等待着。梅雨季节的延缓，漫长得让我有些失去等待的耐心。长长的雨丝中，我常常想象着她会心的笑容：也许她正为生活所忙着，也许是路上的邮差走岔了路。每个夜深人静的时候，我就把自己关在房间里，一遍遍听着那首《鸿雁》："天苍茫，雁何往，草原上琴声忧伤……"

两个月过去了。我的内心越发地感到不安。我开始向同学和老师打听她的消息，却猛然发现，竟然所有的人都和她失去了联系！那年九月初，我放下手头所有的事情，再次登上了去北方的列车，甚至再次去了她的家乡，房子已经大门紧闭。邻居说，她父亲在一个月前过世了，在料理完父亲的后事后，她再也没有回来过，听说去了很远很远的内蒙古。

那个秋日的下午，我静静地站在曾经走过的她家地头的田埂上，稻麦金黄、稻香依旧。但我想不出来为什么这两个月她音讯全无不跟我联系，想不出来为什么这么大的事情她都不告诉我。那个下午，我在细长的田埂上来来回回地走着，一遍又一遍在随身听里播放着那首《鸿雁》，直到第二天清晨，带着无比的失望回到了家乡。

三年后，我有了自己的家。

有一天，我整理家中物件的时候，在母亲藏着的一只纸袋中发现了一摞没有拆开的信笺。熟悉的笔迹在刹那间击溃了我原本已经平静的心。我数了一下：六十二封信。第一封信是七月一日，最后一封是八月三十一日，整整两个月！尤其是最后一封鼓囊囊的心，让我的泪水无声地流了下来：一张空白的信纸、一盒临走前我请人转交给她的录有《鸿雁》的磁带！它像一把重锤一样敲打着我的心，让我感觉到刺骨的疼。

原来，她每天也都在给我写信！

我静坐在房间中面对着一摞娟秀笔迹的信封，我已经没有勇气去打开所有的信件。甚至，不敢去想象那两个月，在没有我任何音讯的时间中，面对亲人的死亡，她是怎样度过那个漫长的黑夜？当她每一天把一封信投进邮箱，又是怀着怎样的期待？更不敢去想象，在等待的煎熬中怎样将希望一点点撕碎，直到无言！

翻出许久不用的随身听，把磁带放进去，几声"咔嚓、咔嚓"的旋转后，悠扬的马头琴声中，呼斯楞的歌声再次穿透了我的内心："鸿雁，向南方，飞过芦苇荡，天苍茫，雁何往，草原上琴声忧伤……"

鸿雁南飞，歌声依旧，而人已非往昔！

"毛海"不是"毛蟹"

哥哥跟我相继出生在"文革"的末期，因而"四新""四海"两个带有时代特征的字眼就成为了父亲给哥哥和给我起的大名。奶奶认为我命中五行缺水，光有"四海"还不够，又执拗的给我取了个小名"毛海"，奶奶说，农村里的孩子起个物品的小名儿，比如我的小伙伴里，就有叫"栓子""网根""二狗"之类的，这样才好养活。蟹是生活在水里的，在我们那里的方言中，蟹、海又是一个读音，"毛海""毛蟹"，反正总能与水沾上关系。

家前屋后的小河沟中，常常有小身板、长眼睛、伸着两只几乎和自己身体一样大的蟹鳌的毛蟹趴在岸边晒太阳，夏天的晚上，用个小马灯在岸边上照一会儿，四周就能围上团团转的一圈毛蟹，几乎每次一捉都是一脸盆的样子，可以油煎、可以水煮，还有的是将其捣烂制成蟹渣卤，味道极其鲜美。后来我才知道它还有另外一个名字叫螃蜞。

未曾懂事的时候，对毛蟹有着深深的感情，不仅因为可以用来改善一下单调的伙食，捉它的过程，也是童年时光里少有的带给我乐趣的活动之一。不过，我们都叫"捉毛蟹"，土话也就是"捉毛海"，每每夏天的晚上，奶奶就在门口的泥场上喊："毛海，跟我去捉毛海去。"我就乐颠颠的拎个小桶跟在提着马灯的奶奶身后去河边，乐此不疲。

事情的改变是在小学六年级的时候，来了一群同学找我玩，正在兴头上，而奶奶偏偏的在门口喊我："毛海，跟我捉毛海去。"同学们被奶奶这绕口令式的话逗得全部都哄堂大笑起来。同学们就开始取笑我："原来你还有个名字叫毛海啊？""我们也天天捉毛海，原来就是捉的你啊！""昨天晚上我家还煮了一锅的毛海呢，哈哈！"无忌的童言让我瞬间感觉到了一丝的羞辱感，觉得自己被奶奶在同学面前丢了面子一般，没好气冲着站在门口的奶奶气急败坏地说："你认不得字就不要瞎说，我叫毛海，不是毛蟹，你去捉的是毛蟹，不是我，再说了，我有大名，我叫林四海！以后不准你再叫我毛海。"

在我劈头劈脑的责怪中，奶奶像做错了什么事情一般，自言自语的说："什么毛蟹不毛蟹的，不就是毛海嘛！"在同学们无邪的继续嘲笑中，我发了疯似的抢过了奶奶拎着的马灯和小桶，摔了个稀巴烂："以后再也不准你叫我毛海，我也不会再跟你去捉什么毛海。"当然，摔坏了马灯的我免不了被父亲狠揍了一顿，但是从那以后，奶奶当真再也没有叫过我"毛海"。

轮到我的孩子出生，奶奶迈着小脚第一个赶来探望。在左亲右搂之后，小心翼翼地问我："四海，给孩子起小名了没有？"看着奶奶已经满头的白发，岁月在额头上犁出了深深的沟壑，我笑着对她说："奶奶，起了，不过，不叫毛海了。"

"那叫啥？"奶奶急切地问。

我狡黠地说："叫小毛海！"

奶奶还信以为真："那就好，那就好！那我不叫你毛海了，以后我就叫曾孙小毛海了，不喊你毛海了，免得你怄气。"逗得大家都笑了起来。

看着奶奶日渐苍老的身躯，我不忍心再骗她，我耐心的拉着她的手坐下来，比画着告诉她："毛海不是毛蟹，我们捉的那是毛蟹，我的小名叫毛海。"

有点耳背的奶奶在我几次大声解释后，还是不能理解："不就是毛海嘛？给你取的就是螃海（蟹）的那个海（蟹），有什么谢（蟹）不谢（蟹）的？不要谢我，我是奶奶，应该帮你取的。"

我有些哭笑不得——彻底解释不清了。不过，在奶奶将曾孙平放在自己的腿上慢慢哄着的时候，我能分明看到奶奶眼里流露出来的那种慈爱的目光，一如当年喊我去捉"毛海"的神色。

宽厚岳丈巧解难

与妻是经人介绍相识的。经过一年多的相互了解后，相互瞅着年龄都不小了，就开始谈婚论嫁。

话说，两个人的爱情那确实是纯洁得如水似月的，花前月下、卿卿我我，倒也不失浪漫。但谈到实质性问题的时候，"第三者"插足进来了。可这爱情要是掺杂进了"第三者"，可真就是"眼里揉不得沙子"了。

"第三者"是我的丈母娘。

原本跟妻子相亲的第一天，丈母娘的嘴就嘟得老高的，能挂个油瓶，满脸的不开心："这孩子矮矮的身材，还没有我家姑娘高，又是个做教师的，能挣几个钱？"

尽管媒人把我的优点说的发挥到了极致："这孩子孝顺，勤快，有才华，重要的是心地善良，估摸着能对你姑娘好一辈子呢。"

丈母娘还是不松口，我脸上白一阵、青一阵的，要不是我娘担心我讨不着老婆，相亲前再三嘱咐我不可无礼，我真的要摔门而出了。幸亏当时妻子看我还算入眼，拿眼角瞟了瞟我，轻启朱唇吐了一句："要不，先处处看吧！"看了看女儿的脸色，好像还算满意的样子，丈母娘总算撒下了后面的更难听的话，冒出了一句："也罢，我丑话说在前面，将来要吃苦的是你自己，不能怪娘老子。"

这不，本来对我就不是太中意，听说我要迎娶她女儿了，那相当于是炸开了锅，亲自找上门来，脚步"蹬蹬"直响。

母亲赶紧笑脸相迎："亲家母哎！"

丈母娘一摆手："别介，八字还没一撇呢！"紧接着就是一通诉苦："我生这个姑娘的时候，家里穷得叮当响，房子四面漏风，门板做的床板，我疼了三天三夜，才生下这个女儿，她就是我的心头肉。我可不能再让我女儿走我的老路了……"机关枪似的一顿乱扫，末了，抬头死死地盯着低头不吭声的我："你说，你要娶我女儿，拿什么娶？"

我嗫嚅着看了看瞪着铜铃大眼睛的未来的丈母娘，再看了看已经有些驼背的母亲，以及在村子里已经快要成文物一般的破旧的平房，终究没有能想出什么话来答复。

"要娶我女儿也行，八万八的彩礼钱，房子暂时可以缓一缓，但是写个承诺，三年内必须搬到镇子上去。否则，你就在家做梦吧！"丈母娘撂下一句话出门了，差点没把我家的那两扇摇摇欲坠的门板撞破。

丈母娘前脚走，妻子后脚就到了，急匆匆地问我："怎么说的？怎么说的？"

我气得一脚踢开了趴在脚边的大黄狗，"嗷"的一声吓了妻子一跳。

我几乎有些仇恨似的看着妻子："还能怎么的？这婚是肯定结不成了，娶不起哎！"

母亲在一旁敲了一下我的头："好好说话，有你这么说话的吗？"

妻子的泪水顿时就下来了，她一哭，我更加觉得心烦意乱的："嚎什么嚎？我家的情况你又不是不知道，我哥才结婚二年，我才工作三年，家中哪里有积蓄？算上这次的酒席，家中还要欠一屁股债呢，我爸妈供我哥俩读书容易么？那年上大学没钱，我妈把自己的雪花呢大衣都卖了供我上学。你妈妈说得倒轻巧，八万八！我把自己卖了也值不了这么多啊，我怎么娶你？"说着说着，我自己眼泪也几乎要下来了，妻子在一边哭得更伤心了。

我百无聊赖地掏出口袋中的毛票，一张张地整理着，八万八？我口袋里连八块八都凑不上，我苦笑着，一张张抹平毛票的四个卷起来的角。

"别动！"正在一旁哭得伤心的妻子突然像发现新大陆似的，冲着我大喝了一声。

吓得正在纳鞋底的母亲一哆嗦："这两孩子今天是咋的了？一惊一乍的！"

妻子蹑手蹑脚地走到我面前，看着我手上的毛票眼睛发光，我轻轻推了她一下："不对吧？这点毛票你也能看得上？"

妻子吐着兰气对着我耳语一番，我有点蒙了："这也能行？"

"肯定能行，我爸最疼我了。我妈要的就是个面子，只要我爸那一关过了，我妈肯定不吭声。"妻子破涕为笑，拉着我说："走，咱找爸商量这事儿去。"

我乐得一把抱住了她："如果真能行了，我天天当你姑奶奶般供着！"

"放开我，妈还在这里呢！"我俩拉着手一蹦一跳地出去了，母亲在后面喊着："钱的事情别愁，有我呢，砸锅卖铁也要让你俩过上日子！"

妻子调皮地扭过头冲着母亲做了个鬼脸："不要你砸锅卖铁了，白送个媳妇给你家！"

认识妻子一年多来，其实跟岳父大人交谈并不多。

岳父是一个性格非常内向的人，平时言语不多，但是眉宇间总透着一股威严，让我有种天生的恐惧感。对于妻子的计划，我也不知道有没有用，为了娶媳妇，姑且死马当作活马医吧。等妻子叽叽咕咕跟岳父大人汇报她的计划的时候，岳父大人的脸色由晴转阴，再由阴转晴，一会儿看看我，一会儿又看看在他面前不依不饶的女儿，叹了口气，问妻子："你真想嫁他？他有什么好？"

"他最大的好处就是对我很好！爸，帮帮忙嘛，我是真的真的很想嫁给他！"

岳父沉吟半晌，又转脸问我："困境，谁都有过。你是她自己选的，我没得话说。但是，我跟你约法三章，不管日子过得多难，都不能让她受委屈，这是我唯一的要求！"

我头点得如同小鸡啄米。

我知道这事儿办成了，岳父平时虽然话不多，但是在妻子家中那是绝对的家长权威，丈母娘虽然叽叽喳喳，但是大事上还得听岳父的决定。

结婚那天，我将七拼八凑来的五千元钱全部换成了十元的面额，用一张大大的红纸包扎了起来，在上面写上彩礼钱"捌万捌仟元"的字样。

临出门前，胆小的母亲再三问："你丈人真的同意了？你不能把事情搞砸了啊！家里请了十几桌的亲戚朋友都坐着等你把媳妇娶回来，你可不能闹笑话啊！"

在媒人清点礼品给丈母娘的时候，特意将"彩礼钱八万八"的腔调拖得很长很长，来的亲戚邻居都议论纷纷："乖乖，这家出手不小！"

有人提出要打开看看，我岳父一脸不高兴了："这是不信任我女婿么？我这又不是卖女儿的，我是嫁女儿！"众人这才作罢，我咚咚跳着的心也安稳下来。

娶亲回家的路上，原本怕放鞭炮的我，情不自禁地点燃了几个二踢脚朝车窗外扔去，那鞭炮的声音应和着妻子的如花笑颜，看得我心花怒放。新婚之夜，妻子变戏法似的拿出了那个红纸包扎的彩礼钱，捏着我的鼻子说："怎么样？我这招给我妈也长了脸，也给你家长脸了啊！我爸说了，你家为了这次咱俩结婚，花费不少，让我把钱又给你带回来了。你可要兑现你跟我爸说的话哟！"

结婚十七年了，十七年的风风雨雨，我和妻子从没有分开过，甚至从没有拌过嘴、吵过架，因为我一直记得岳父那天跟我说的话。

来哥

第一次遇见来哥，是在酒桌上。架着一副黑框眼镜，一身干干净净的休闲装，说话谦谦有礼，饮酒之态文质彬彬，喜欢注视这你的眼睛，倾着身听着，这让我一直以为他是哪个学校做老师的。

这话没毛病。来哥鼓捣着一个名为"光影瞬间"的公众号，时不时地发一些自己拍摄的风景照、感慨、诗歌等等，挺有文艺范的，还吸引了一大批的粉丝。尤其是那些风景人物的照片，无论从构图、立意、取景上看，都独具韵味，甚至是感觉很高大上。

世界上总有很多的惊奇。特别是当你对某个人着迷的时候，冷不丁就会给你一个意想不到的转身。

我在来哥的空间和朋友圈里发现，他竟偶尔发着"创益"面条的广告，再问熟悉的朋友，得知来哥原来是做粮油生意的。印象中，做粮油生意的即使不是蓬头垢面，至少穿着上会油亮十足。哪有这么文艺范儿的粮油贩子？来哥从事的这个职业，彻底颠覆了我对做粮油生意的人的传统观念。

不过，话说回来，一个往来于滚滚红尘之中的男子，即使食无忧、衣无虑，但是一大家子的生活总是要毅然前行的。毕竟来哥从事的是正经行当，职业是没有高低贵贱之分的，尤其与吃有关的职业，做的人全凭良心，这几年食品安全成为热门话题，没有良心是做不好这一行当的。

不知道是谁创意出商品交换这个环节，造就了很多的商业巨头，坐拥价值不菲的身价。不过，来哥不是商业巨头，充其量，某个农贸市场的巨头都算不上。我远远见过来哥装货卸货，穿个卡其布的外套，带着白手套，将一袋袋米、面扛来扔去，娴熟的动作看得出来常干这活儿。笑问其何不找个装卸货的，答曰小本生意，一是请不起，二是自己劳作惯了。

寥寥数语，我觉得来哥是个有良心的粮油商人。

来哥丫头金榜题名，请了几桌亲朋好友，诸多人都认为值得大贺特庆，毕竟是首都数一数二的高校。那晚上，来哥却显低调，一家三口登台答谢，如莺般的丫头款款而语，当时就惊讶了我：这是来哥丫头？及至数年后，丫头大学毕业，已经是纵横驰骋文字之间，文章读来甚为老道，不仅叹曰：君子不问出身。来哥的心思从培养孩子身上可见一斑。

丫头考上大学，省吃俭用给喜欢摄影的来哥装备了一些摄影设备。来哥说，"羊毛出在羊身上"，不过，他内心的喜悦是写在脸上的。

有几次，因报刊需要我的照片，照相馆里的摄影我觉得太呆板，思来想去，打电话给来哥，来哥爽朗地笑着答应。

我知道他忙，来来去去地送货、进货，家里家外全靠着他，占用他的时间过意不去。来哥说没事，权当陪兄弟一会儿。

他说这话的时候，我特别感动。

那几年，我生活上遭遇一些变故。身边的朋友来来去去，更有甚者，避我唯恐不及。路上偶遇来哥几次，他特意停下车子询问，有过不去的，跟哥说。

不是客套话，我听得心头一热。

有一次，在东门路口来哥的小店前，遇到来哥的父母。小店一直是来哥的母亲照看着，来哥忙里忙外将各种货物整理妥当，又细心地为两位老人端来早饭、拿来筷子，坐在桌边看着两位老人细嚼慢咽地吃着早饭，来哥的眉宇间充盈着一种慈爱。对，就是慈爱，在他的眼里，两个老人像孩子一般吃得欢天喜地的。

临了，来哥要走，又不放心，回过头来再三嘱咐：说好了只是来玩玩，不要太认真做生意啊，权当出来透透气。两位老人唯唯诺诺。我看了又好气又好笑，问他：那不干脆让他们在家歇歇？来哥歉意地说，老太太识字，在家也待不住，不如出来转转，还有一帮老太太到店里来聊聊天。几千块钱的小本钱买卖，老人乐意，亏了就当给他们出去旅游了。

前面说过，来哥应该不是钱多得闲的。据我所了解，一斤米也就能挣个几分钱而已，全靠卖的量而已，即使每天经手几百数千斤的米、面，估摸着也仅能养家而已。但他的这份孝心，应该是源自他内心的。

忽然记起有个挚交跟我说过，一个人如果不孝顺父母，就不要跟他做朋友。你想啊，连生养他的父母都可以翻脸，何况朋友呢？

对于此话，我深以为然。

于是，就跟来哥成了朋友。

109

生命有如一场雨

  风在，云在，水在，大地在，我亦在。还有比这更好的岁月？

——题记

  孩子上高中了。
  我意料中的开始了单位、租房与家之间的奔波。这十多年来，我从不担心他的学习，尽心尽力就好；也从不担心他的生活，穿暖吃饱就行。孩子也很懂事，从不要这要那，在同学间也不攀比，学习上兢兢业业的，较为努力。
  这个夏天，长江中下游的梅雨季节总是那样的漫长。
  长得让我每天都为孩子捏把汗。
  第一天军训回来，全身湿透，小脸通红。说不心疼，作为父母肯定言不由衷。家里早早地准备了凉白开，水果，空调温度不高不低，全家人都小心翼翼地迎着他稚嫩的目光。
  孩子看出我们的担心："没事，还能适应，挺好的。"

一番话说得心头的石头轰然落地。孩子说能适应，就应该是真的能适应了。这也是我为他值得骄傲的地方：肯吃苦、能吃苦。

洗漱完的他，也许太累了，看了一会儿书，竟然悄无声息地睡着了。在细雨敲打着窗户的滴答中，发出沉稳的鼾声。

坐着无事，我找出指甲剪帮他修剪脚指甲，发现脚大拇指甲已经嵌入了肉内，一侧已经有些发炎红肿。妻子拿来医用消毒水，为他轻轻地擦拭着。

妻子眼眶红红的，轻声说："这孩子，脚疼也不知道知会一声。"

其实，我知道，孩子肯定是生怕我们为他担心。

他真的长大了。

还记得他出生的那夜，外面是细雨蒙蒙，不知怎么的就突然发热，刚刚喝的奶全部吐了。惊慌失措的妻，也是这样在襁褓之中轻轻环抱着他，为他擦去嘴边的残液，整夜未眠。

时光真快，当初一尺来长的他，现在个头比我整整高出一截，瘦小的妻子已经抱不动他了。

抱不动的，还有他的童年、少年时光，以及接下来的青年岁月。

雨还在下着，我却难眠。

我知道，六天的军训期，包括接下来的三年高中，对孩子而言，一定是一段刻骨铭心的记忆。无休止的训练习题，两点一线的紧张生活，青春期成长的困惑，这些，我的孩子都会不可避免的拥有，就像那漫长的雨季一般，潮湿、压抑、枯燥会如影随形。

记得小时候，每次当雨季初来时，对所有孩子而言，不亚于一场放肆的盛宴。

我们曾经若干次跳跃着奔跑进如烟的雨丝中，任凭雨水掠过我们的发际，淋湿我们的衬衫。我们踩着四溅的雨花，追逐着它绽放的那一刹那的绚烂。

也曾经若干次，面对着潇潇秋雨，"为赋新词强说愁"。痴痴地凝望着白茫茫的雨帘，吟一场"杨柳岸，晓风残月"。

也曾经若干次，听着夜雨敲窗，剪烛攻读。在秋意渐浓的深夜，仍守着寒冷和潮湿、无奈与寂寥，幻想那橘黄的灯光，该是来年盛夏那晴朗的天，当以盛开的姿态傲立……

如是种种。

窗外细雨飘然。

明天应该还是这绵绵的雨季。我却只想在他的耳边轻语，告诉他每个人的生命里都要经历这样的一场雨。

因为，青春是奢侈的，它给每个人的机会都是一样的。但是，有人弃若鸡肋，看似潇潇洒洒，蓦然回首时却悔恨异常，因为平庸；有人惜之如金，看似煎熬痛苦，但看云卷云舒心生惬意，因为奋斗。

因为，青春是一张白纸。油彩，水墨，写生，都是对生命的一种无比的尊重。涂鸦，乱画，留白，那是对生命的一种亵渎。写意的人生，不求出彩，只为对生命的感悟和所承载的厚重。

梁实秋说过：人生，不过是一段来了又走的旅程，有喜有悲才是人生，有苦有甜才是生活。

此生，是因为始终对生活存在着希望，存在着心愿，存在着不甘，我们才会让青春如此从容。他年，才不会感慨时光的蹉跎。

夜深了，孩子的鼾声依旧，梦呓中的他脸上露出甜甜的笑。

天气预报说过几天就要出梅了。

作为父母，我愿意一直守候着他，到天明。

因为，在孩子生命里这样的一场雨中，我，我们，都不能缺席。

第五辑　舌尖上的记忆

河蚌炖豆腐

里下河平原的沟河港汊，不仅孕育了苏中地区有名的鱼米之乡，万能的造物主还赐予了各种各样的河鲜美味，乌黑肥大的鲶鱼、粗壮通黄的昂刺鱼、肉质细嫩的虎头鲨等等，倘若用来白烧，那黏稠的鱼汤汁可谓是一等一的美味。

然而之于众多的河鲜中，不能不提起里下河地区独特的河蚌炖豆腐这道看似家常实质大气的菜肴。

河蚌，又名河歪、河蛤蜊、鸟贝等。里下河地区盛产的河蚌学名为背角无齿蚌，可食用的肉质高达40%，它富含维生素、硫胺素、核黄素、烟酸、锌、硒等17种营养素和微量元素，其味甘咸、性寒，入肝、肾经；有清热解毒，滋阴明目之功效；可治烦热、消渴、血崩、带下、痔瘘、目赤、湿疹等症。

里下河的河蚌是生生不息、取之不尽的。

春秋季河道疏浚捞淤的时候，随便在河床上挖上一锹，就能挖出一两只来。夏季，更是大肆摸捞河蚌的时节。午间炙热的阳光烤晒着大地，一群群孩子褪去身上的长衫，提上洗澡用的小木盆一溜烟奔下河去，一个猛子扎下去，几秒钟的光景，两个小手上便能举着乌溜溜黑的河蚌凫水而出，十多分钟的时间就能将小木盆装得满满的。

回到家里照例免不了大人的一顿责骂："水深的地方不能去，下水的时候要防止腿脚抽筋。"然而家里的女性却已经在打来井水给孩子冲洗着身上淤泥的同时，也用井水冲洗着河蚌上的污泥，就着井的旁边，用小刀将河蚌一个个劈开来，撕去肉质根部的有点泥腥味的黄色条纹线状物，再放进盆子里用水养着，微微带黄的河蚌肉在冰凉的井水浸泡下，越发的晶莹剔透。运气好的话，还能从蚌壳里找到一两粒粳米大的珍珠，这个时候，率先拿到那颗珍珠的孩子就成了众星捧月。

河蚌炖豆腐，其间的烧法是颇有讲究的，烧得不好会显得很有韧劲，嚼不烂；烧得太嫩，因为河蚌肉属于凉物，食后又容易引起腹泻。

里下河地区的烧河蚌，一律都是先要将河蚌肉一块块置于案板上，用一根短小的松木棒轻轻捶打着河蚌肉的舌尖部位，用力不能太猛，否则会将河蚌肉捶烂，又不能蜻蜓点水，达不到捶打的目的。

小时候曾经若干次问过大人为啥非得用松木棒捶打，说是祖上传下来的吃法即是如此。后来我曾经做过试验，随便用什么捶打，甚至切菜的刀背都可以，只要将舌尖月牙儿型的部位捶打松软即可。其实捶打的目的是将河蚌肉舌尖部位的肉质纤维慢慢敲断，肉质间的各种微量元素也在敲打中慢慢溢出来，这样烧出来的河蚌不仅肉质很嫩，而且很是鲜美，不需要添加味精。

捶打好的河蚌肉，可以切成大块，但是要围着河蚌肉月牙形的外围切，不能讲肉质内里的黄汁切了流出来，否则就失去鲜美的味道了；或者可以剁成小块，但是要将流出的黄汁一起下锅。将葱姜稍微油炸后，倒入河蚌翻炒几分钟即可，这个时候倘若有几片腌制的五花肉一起下锅，肥肥的油花伴随着细嫩的河蚌肉，瞬间香味就四溢开来。

大火翻炒后放上几勺冷水，因为冷水加热可以将河蚌肉中的蛋白质逐渐析出来；然后将豆腐切成小块下锅覆盖在河蚌肉上。再用大火将汤汁烧沸腾后，改成小火炖煮；一直到豆腐块都渐渐缠住了河蚌肉质、豆腐块上面开始有气孔的时候，用勺子点上一点汤汁，滴在碗底不一会儿就稠厚凝结，这时候再洒上一点葱花和蒜苗段，少许放上一点盐，一道香气扑鼻、味道鲜美、汤汁浓郁的河蚌炖豆腐就大功告成了。

这道河蚌炖豆腐，河蚌肉质黄里透灰色，腌制五花肉片白里透红，拌上白色的豆腐和青色的葱花、蒜苗，可真谓之色香味俱全了。

韭菜爆炒螺蛳肉

里下河地区除了盛产各类鱼虾蟹外，还有不少的贝壳类河鲜：河蚌、田螺、蚬子等，而螺蛳则是这味道鲜美的贝类中的佼佼者。

出门即是水路的里下河地区沟河港汊密布，螺蛳也便在寄身在池塘、小沟里，甚至一汪桌子大小的水边都有，它们或拱身于浅滩的淤泥之中，或吸附在塘边水草根部，或依傍在水中半截石条上，随手捞上一阵便可获得一米笙的数量。

因了水质的不同，里下河地区的螺蛳外壳有白色和黄褐色之分，不过其肉质、汁的鲜美是毫无差距的。拇指大小的螺蛳不仅富含维生素、赖氨酸以及各种微量元素，其肉、汁还可入药，药用功能为清热，利水，明目；《本草纲目》曾记载它"醒酒解热、利大小便、消黄疸水肿"。

记忆里，这不起眼的螺蛳在物质极为贫乏的年代，曾经伴随了很长很长一段时光，农人们田间劳作的间隙，总是不由自主地在沟河边捞上几捧螺蛳带回来，姑且能当作改善伙食的机会了。

螺蛳的食用方式有很多种，在用几番清水吐完泥沙后，或将其尾部剪去，用葱、姜、黄酒、花椒以及自家酿制的黄豆酱爆炒，谓之"酱爆螺蛳"；或是清水烹煮，撒点葱姜末，搁置点盐，用针挑着吃，谓之"清水螺肉"；或是煮熟挑出螺肉剁碎后，用发酵的面粉搅拌做成螺肉丸，油炸至金黄色可配菜烧制各种佳肴；或是煮熟后挑出螺肉，配上菌类与肉鸽同炖，清肺退热。

然而有一种吃法在里下河地区谓之"一绝"，这就是韭菜爆炒螺蛳肉。将捞取回来的螺蛳煮熟后，将煮螺蛳的汤水过滤泥沙后另存放待用。然后用缝衣针逐个挑出螺蛳肉，加适量盐稍微腌制约五分钟后，用网眼稍大的米笋不停淘洗，主要是洗去螺蛳肉尾部的未成熟卵，经过一番淘洗后只剩下青白色分明的胶质螺肉。

在家前屋后的自留地上割上一把略带着晨露的韭菜，择去黄叶洗尽切成半寸左右的段。将金黄色的自榨菜籽油加温至微微冒青烟的时候，将准备好的葱、姜末和红胡椒丝放入，翻炒后即加入淘洗好的螺蛳肉，然后大火翻炒，并用黄酒淋洒去除腥气和淤泥味儿，等到螺肉开始微微收缩时加入切好的韭菜爆炒，韭菜的清香夹杂着螺肉的鲜美在刹那间就充盈了整个厨房间。一道色香味俱全的韭菜炒螺蛳肉就完成了：绿色的是韭菜，清白相间的是螺肉，红色的是胡椒丝，螺肉像从韭菜叶上生长出来的一颗颗葡萄似的，油亮油亮中令人垂涎三尺。

这么色香味极佳的韭菜炒螺蛳肉，非得要配上绝妙的主餐才行，这就说到刚刚过滤晾好的螺蛳汤了。

将螺蛳汤再次煮沸后装入青花大碗中，撒上一点蒜白碎末，滴上几滴芝麻油，依口味加一点盐，然后再在烧开的水中煮沸一摞绞制的手工面条，捞起装入碗中。

乳白色的螺蛳汤中荡漾着晶莹剔透的手工面条，几滴芝麻油在汤面上氤氲开来，配着刚刚装盘的韭菜炒螺蛳肉，不需要添加任何提鲜的调味剂，那螺肉的脆韧、韭菜的清香、螺肉汤的鲜美、手工面条的滑润，直直的透过了全身的三万六千个毛孔，实乃人间臻品美味。

面鱼儿

　　童年的时光，不仅有无邪的欢愉：上树掏鸟窝、下河捞鱼摸虾、滚铁环、弹玻璃球等，还有因为因生活贫瘠带来的时时刻刻存在的饥饿感：那玉米糁子粥、大麦糁子饭不单是入口粗糙、难以下咽，而且在成天疯来疯去的嬉闹中瞬间就感到饥饿难耐，于是就特别想念母亲偶尔做上的一顿精细面食餐——面鱼儿。

　　在计划经济时代，面粉都是要用粮票兑换的，平日里连小米都很难兑买到的时候，能兑上一两斤白晃晃的面粉，对全家嗷嗷待哺的干瘪肚皮来说，不仅是口福，也是莫大的精神享受和安慰。

　　寻常人家兑回来的面粉无非是擀饺子皮儿、做面条或者蒸馒头。吃饺子还要卖肉啥的，猪肉也是凭肉票供应，是乡村人更加难以触手可及的奢侈，做面条费力费神还吃不饱，而蒸馒头只有在过年过节的时候才做，平时没有那个闲情；手巧的母亲就将难得的面粉用来给全家做一顿"面鱼儿"：用干净的大海碗将面粉用冷水调成黏稠的糨糊状后搁置待用；从珍藏的瓶瓶罐罐中，找出密封数月已经有点儿臭臭的蟹渣卤，舀出几勺兑水后加入葱姜后慢慢小火熬制成佐餐的调味汤，盛装在小碗内；在自留地上再拔回两把细嫩的小青菜择洗沥尽，切好后用菜籽油大火爆炒，加水煮沸后，就是开始做"面鱼儿"了。

只见母亲用左手斜端着调制好面粉的大海碗，使之欲溢不溢的状态，右手用一根竹筷沿着碗边轻轻一拉，一根小拇指粗的面疙瘩就跌入沸腾的水中，在沉入沸水数秒钟后又很快漂浮上来，一头大一头小，晶莹剔透，在黄黄的菜籽油、绿色的青菜叶和"咕噜咕噜"冒泡的水中上下翻腾着，就像一条欢快的鱼儿在清澈的水底，穿梭在荇荇摇动的水草间，偶尔还掠过一道白色的鳞片光，待到将一整海碗调制的面糊全部用筷子拉入锅内后，整个沸腾的土灶就像是年终鱼塘里起鱼一样：面鱼儿上下不停地翻滚着，青菜叶夹裹着腾腾的热气左右摇摆，煞是好看。

将海碗一溜儿在灶边排开，搁上点儿滑润的猪油，撒上一点青蒜花儿，用漏勺将煮沸的面鱼儿依次舀入碗内，再浇淋上一两调羹的熬制好的蟹渣卤，一碗面鱼儿就大功告成了：绿色的青菜叶，白色的面鱼儿，黄黄的菜籽油，透明的猪油，灰色的蟹渣卤，轻轻用筷子扒拉一口，舌尖上刹那间就充盈着菜味的清香、面鱼儿的凝脂、蟹渣卤的香臭相间、猪油的厚重、菜籽油的明快，第一口往往还没有能完全品尝仔细就囫囵下肚了，扒拉第二口待要犹豫着细细咀嚼的时候，才猛发觉已然越过了喉咙间，之后就顾不上吃相了，"呼啦呼啦"地连汤带水都灌下肚去，丢开筷子长舒一口气，摸着滚圆的肚皮，觉得只有"面鱼儿"才是这人世间至上的美味佳肴。

随着物质生活的提高，面粉已经成为了普通的食品走进了千家万户，可是，那舌尖上的记忆，那童年的美味，那镌刻在脑海中的"面鱼儿"，却始终萦绕在我的心头久久散不去……

母亲粽

倘不是母亲打电话来说给我捎来了粽子，我都不知道已经临近端午的节气了。拎着粽子，我从方便袋的外侧便闻到了一股熟悉的清香，那是青青的箬叶混合着糯米煮熟之后特有的味道。

母亲在村子里裹粽子的一把好手。每当端午节来临的时候，母亲就格外忙碌起来，除了要准备自家裹粽子的箬叶，还要起早带晚到邻居家帮助裹粽子，甚至相隔几十户的人家，也都上门来请母亲去帮助裹粽子。这不仅是因为母亲手脚麻利，裹粽子的速度快，而且因为母亲裹的粽子大小适中，能看着米箩里的糯米下手，默数着家庭的人口数，每个人平均能品尝到三到四个左右，这在糯米还比较紧俏的年代，显得尤为珍贵。

裹粽子的前期准备工作是很烦琐的，采摘箬叶就是一个技术活儿。

里下河平原地区的粽子，基本都是用的柴叶，要换上雨靴，在沟河塘的浅水处，将柴杆中部约莫三四指宽度的柴叶轻轻掰下来，叠成一摞一摞的，然后就用绳子穿起来挂在屋檐下风干，去除箬叶本身的青涩味。

箬叶是见不得阳光暴晒的，一是容易将箬叶晒得很脆，容易折断，同时也因为暴晒的阳光会将箬叶的清香一同蒸发掉。等箬叶渐渐干枯失去水分从青绿色变成棕灰色的时候，就可以包裹粽子了。那天母亲先要将箬叶在大锅里煮沸煮透，然后用一个大面盆盛着箬叶，用清水过滤，并将箬叶根部的茎用剪刀剪去，一片片箬叶经过母亲的手清洗完毕，仍然放在清水里备用。接下来母亲就会将糯米淘洗之后微微晾干。每逢母亲包裹粽子的时候，母亲就能仿佛变戏法似的，从家里的粮食木柜里掏出一包蜜枣、一块风干的咸肉，这样裹成的粽子里，有蜜枣的、有咸肉的，还有就是纯糯米的，为了便于认清各色的粽子种类，母亲在粽子上扎线的时候，一例都会用不同颜色的棉线。

夜晚等所有的家务活儿都拾掇妥当之后，母亲便坐在一张小板凳上，一边是放着小勺子的糯米箩，中间是盛着清洗好的箬叶的面盆，另一边是一个空着的器皿用来装裹好的粽子。母亲用三片箬叶顺着，再用一片箬叶逆过来，挽成一个漏斗形，舀上一勺子糯米，再放上一粒蜜枣或者一粒拇指大的咸肉，再将箬叶反折过来绕一下，用嘴咬着扎线的另一头，右手拉着另一头，左绕右绕的几下，便是一个完整的粽子出来了。

母亲裹的粽子，是那种四个棱角的，每个棱角上为了防止糯米溢出，还特意用小片的箬叶覆盖了一下。偶尔，在我和哥哥的再三要求下，母亲还会展示她拿手的裹粽子小绝技，给我和哥哥各自裹上几个"草鞋底"式样的粽子，就是用两片箬叶一颠一倒的，做成草鞋的样子。这样的粽子在煮熟之后，我和哥哥是好几天舍不得吃的，成为了我们向小伙伴炫耀的资本。

深夜，裹好的粽子被母亲放进大灶的铁锅里。母亲便点上火，放上一两段木材，慢慢熬煮着，等听见锅里"咕嘟咕嘟"水开的声音的时候，锅盖四周开始慢慢地升腾着热气，先是箬叶的芳香从蒸汽中冒出来，有一股淡淡的柴草的清幽，然后就是糯米的粉滋滋的香味扑鼻而来。这个时候已经熟睡了一会儿的我们都会被这箬叶夹裹着糯米的清香惊醒，不约而同地奔向大灶边，一边看着锅塘里红红的火焰，一边深深地呼吸着空气中弥漫的香味，一边憧憬着第二天的早餐那白花花的粽肉。

母亲总是嗔怪地摸着我和哥哥的头说："小馋猫，明早就有的吃了。"我们在无限的憧憬中，听着锅里粽子在沸水里跳跃的声音再次沉沉睡去，那香味充盈了整个晚上的梦境。

那年母亲手术后，在端午节来临的时候，依旧还是坚持着给我们裹粽子。

尽管我们说超市里都可以买到各种各样的粽子了，母亲还是拖着羸弱的身躯到河塘边采摘箬叶，回来弯着已经微驼的腰在井边淘洗着糯米，依旧是在深夜给我们蒸煮着粽子。

那夜，我和哥哥伴随着母亲很久很久，聊着家常，说着小时候的趣事儿，盯着锅塘中通红的火焰，听着锅里水开的声音……第二天早上在剥开粽子吃的时候，母亲歉意地说手臂开刀了，不好使劲儿了，包裹的粽子没有以前的那么结实了，糯米都显得有点儿烂烂的。听着母亲的说话，我和哥哥都隐忍着眼中的泪水吞咽着粽米。

其实，母亲不知道，只要是她亲手包裹的粽子，就特别特别的香，香得直沁我们的心脾，包括今天我拿到的母亲捎来的粽子，虽然还没有尝，但是我已经知道了它蕴含的滋味，一直萦绕在我的舌尖、我的内心！

年味

窗上的霜花厚重得看不见外面的景物。白天的时间越来越长,夜幕尚未降临,远处已响起稀稀落落的鞭炮声。小年夜,让空气中都充满了浓郁的年味。

曾几何,记忆中的年味,就是那悬挂在家前屋后的一串串腊味。进入腊月,乡下过年最紧要的是灌上几段香肠、杀一两只鸡、剖一两条大鱼、腌制几块五香咸肉。母亲从宰杀、清洗、沥水、上佐料、风干,都是亲力亲为,从不肯我们插手。

一串串的新鲜的鱼肉,经过母亲巧手的加工,在老屋的山墙上悬挂起来,颜色鲜艳的鱼肉不仅散发着原始的肉味,还夹杂着茴香、八角、花椒的混合味儿。

孩子们几乎每天都要仰着头看着山墙上的那些鱼肉,就像两只嗷嗷待哺的馋猫一般,守候着那些鱼肉的颜色由红色变浅,再慢慢变成深灰色,直至黑色。甚至,鱼肉腥腥的味道也渐渐地褪去,只剩下寒风偶尔吹来的一段腊香,直直的沁入心脾,惹得屋檐下的孩子们时常看着看着,就不停地吞咽着口水。

每当看到我们喉结上下蠕动的时候，母亲总要怜爱地抚摸着我们哥俩的头："小馋猫，晚上就蒸香肠、白菜烧腊鸡给你们吃。"那个夜晚，餐桌上的腊味会偷偷地钻进我们的梦乡，那一根根幽香四溢的香肠已足能解馋，那连骨头恨不得都要嚼碎的腊鸡在味蕾上久久不肯离去。此后的几天，打个嗝儿都是那种香浓的腊味，让孩子们更加期盼着下一次的美餐。

曾几何，年味就是那在舌尖上糯香回荡、暖心暖胃的一块块年糕、馒头。腊月初，在兑换回小麦面后，女人们就开始淘洗糯米，并泡足了水。一粒粒饱胀的糯米晶莹剔透，像一节节雪白的藕段。蒸年糕、烀馒头，是乡下过年必须要进行的阶段，这仿佛已经成为一种神圣的仪式。母亲说过，"再穷、再忙，年糕和馒头不能没有，要不，怎么能叫过年呢？"第一天的下午，身强力壮的男人们就开始忙碌起来，调面、加酵、醒面，白白的面粉软软的躺在敞口的瓦缸里，等待着最后的蜕变。

通常，大人们都要在黑黝黝的瓦缸四周垫上厚厚的稻草，整个厨房里灯火通明，灶膛里早已烧得通红。夜色降临，白天嬉闹的孩子们都懒散地躲进了瓦缸间隙里的稻草里，偷偷用耳朵在瓦岗上听着，在"呲呲"的麦面发酵中，沉沉地睡去，梦中似乎已经闻到了年糕和馒头的味道。

凌晨的吆喝声会惊醒原本还沉睡的孩子们。蒸汽将整个厨房笼罩得伸手不见五指。掌笼的掐着钟表指挥着几个男人不停地将酵缸里的面一块块捞出来，再切成拳头大小排列在笼屉上，然后一层层摞到大锅上。"加火！赶紧大火烧！""加水、加热水！""让开，小孩让开，出笼！"厨房里的水蒸气更浓了。此时我们早已裹紧了棉袄等在室外的柴帘边，等一笼屉馒头或年糕倒在柴帘上时，忙不迭地帮着将它们一个个分开来，然后用筷子蘸上红红的颜色在每个馒头或年糕的中心点上一点。偶尔，也会偷偷地拈起一块年糕或面头塞进嘴里，还没有尝到什么味儿就已经吞下肚了，待一锅笼的年糕或馒头都出完后，才会再拿上一两块，斜倚在酵缸的旁边细细品味着，觉得全身的毛孔都是暖洋洋的幸福。

曾几何，年味就是母亲变戏法似的准备好了的一碟碟糕点、瓜子、蜜枣、糖块……年前的时光，母亲就几乎每天要去集市上一趟，起得很早就去了集市，回来的时候手上拎着大大小小的袋子，那是母亲赶早去采购的各种各样的年货。

"正月里，乡里乡亲的要来走动，怎么能不准备一点？"从小年夜开始，乡下孩子的兜里就慢慢的充盈起来，任意一个孩子在成群结队玩耍时，总能随意从白沫四飞的嘴里吐出快要嚼烂了的瓜子壳儿。在拍纸炮、推钢圈、跳格子的过程中，时常会有瓜子从浅浅的口袋里跳出来散落在地上，引来周围一群孩子的哄抢，不管不顾的塞进嘴里，甚至沾了泥土也不会在意，因为那瓜子上奶油的香味实在太诱人了。

最快意的当属口袋里能掏出几只摔炮或擦炮的孩子了。通常这样的孩子周围总会有一群跟随者。即便是平时很不被大家所待见的孩子，在过年的时候只要口袋里有这样的物什，总有几天是被众星拱月般围着的。摔炮、擦炮不一定就要自己玩，当有孩子大喊着："注意啦！"周围所有的孩子总会不约而同捂着耳朵，等待着一声清脆的响声，然后便是不知所语的欢呼声，好似完成了某种任务一样，而领头的那个孩子也会面露骄傲的神态。当然，也有恶作剧的，不声不响在别人背后冷不丁扔上一颗，然后就是在惊叫声中追逐打闹起来，那笑声会在村子的上空传得很远、很远。

每年，在乡下，这样的场景总是重复着。

年味，在腊香、糯香、芒硝香的味道里越来越浓，浓得几乎化不开来，然后就捻成了一根思念的弦，让回家过年的念想也越发的强烈起来。

幸福就是一碗粥

结婚前，丈母娘就跟我约法三章：丫头不会烧啊煮的，你有时间就多操劳点厨房的活儿，没时间就一日三餐到我这边来也行。天天去丈母娘家蹭饭也不现实。好在我出来工作独立比较早，应付一日三餐还应该不是问题。

清晨，妻子还在沉睡中，我已经熬好了南瓜粥、煎好了鸡蛋，张罗了几碟花式不同的咸菜；中午，下了班急匆匆回家的妻子总会来不及脱去外套，就用手拈起一块热气腾腾的红烧肉忙不迭地嚼着一个劲儿说"好吃"；晚上，妻子依靠着沙发看着韩剧泪眼婆娑，直到闻见香气扑鼻的老母鸡汤，才顾不上擦掉眼泪就大声地嚷嚷"太香了"！

每次做的菜不管是咸了淡了，妻子总是表情夸张地说她嫁了一个没有证书的三级厨师。能得到最爱的人的肯定，尽管每天我都在厨房手忙脚乱的演奏着"锅碗瓢盆交响曲"，但是我内心总是美滋滋的。

那个周末陪几个同事去打球，不知怎么的回来就着凉了，躺在床上头晕晕沉沉的，眼皮子耷拉着睁不开，浑身的每个骨节都酸痛难忍。下午五点多逛街回来的妻子看到我有气无力地躺在床上吓了一跳，一摸我的额头烫的厉害，用体温计一测量："三十九度！"赶紧照料我服药、喝水，折腾了一个多小时后，我的高热才慢慢地降了下来。

看看外面天色已黑，到了晚饭时间了，想起妻子的晚饭还没有着落，我就想挣扎着起床给她做晚饭，她赶紧摁住我："你这样子咋能起床啊，你给我躺着，晚饭我随便应付着吃点零食就行了。"妻子说着，想想似乎又觉得哪儿不对："你也要吃晚饭的啊？那咋办啊？"看到她无奈的样子，我再一次的又要挣扎着起来，还是被妻子摁住了："别动，你这样子起床做的饭我也吃不下。这样吧，晚上我来熬粥，你教教我怎么做就可以了。"

我啰啰嗦嗦的将多少米应该放多少水、火候先大后小等熬粥要领还没有说完的时候，妻子看着我满脸疲惫痛苦的样子，手一挥："打住，我明白了，你好好休息，就等着喝我熬的粥吧！"说完就去了厨房淘米、放水、点火，我就听见厨房里"噼里啪啦"像机关枪扫过一样，赶紧问："怎么啦？"

"没事，老爷，你就等着喝粥吧，马上就好。"妻子不失调皮的回答着，我才稍稍安心了一点，似乎又要昏昏睡去，不过，迷迷糊糊中又听见厨房传来了一声尖叫，妻子急火火地冲了出来大声地问我："火太大，粥汤都从锅盖边上漫出来了。"

"赶紧揭开锅盖啊！"我有气无力地说。

"哎哟，火被粥汤浇熄灭了。"妻子无奈地说。

"再打火啊，没事，我相信你能做好的。"我躺在床上鼓励着她。

"嘭！"好像是再次打着了火，紧接着又传来妻子的尖叫声："啊！"我再也躺不住了，赶紧赤脚就往厨房奔，煤气灶上的火是打着了，不过妻子额头上的刘海也被火燎了一块，额头上都黑黑的。我有些哭笑不得的："还是我来吧！"她看到我赤着脚就出来了，又把我推回了卧室："我还就不信我连熬个粥都做不了。"

"那你小心点啊，实在不行就去买点吃的回来。"我再三的叮嘱她。"放心，放心，革命的征途已经成功了一大半。"妻子帮我掖好被角："再等一会儿就有粥喝了。"

不过，就在她帮我掖被角的时候，我再次闻到了厨房里出来的焦味，"不好，烧焦了。"这次妻子也感觉到了，她忙不迭地冲进厨房，我在后面大声地叫着："赶紧用勺子搅和，不然会越来越焦的！"

……

最终，妻子端着仅剩的一碗散发着焦味的米粥，她一口我一口地吃着。看着妻子只剩下半边的刘海、烟熏的额头，还有被烫得红红的手背，我有些自责和内疚。妻子反而有些不好意思地说："原来做饭这么辛苦，以后，我也要学着做饭给你吃，你要好好地教我，不仅是这一碗粥，我还要给你做好多好吃的菜！"

那一晚，在散发着焦味的粥香中，我睡得特别得沉实！

山芋

　　山芋，又名番薯、红薯等，因其是外来物种，东台本地俚语谓之"番芋"。最近一次见到山芋，是在酒桌上被当作一道点心端上来的，主人招呼大家品尝，说是"紫色食品"，对身体有滋补作用。盘中山芋小若拇指头，紫色，嚼之肉质粉嫩，吞咽至喉，微甘。我吃了几个，却怎么也吃不出小时候曾经吃过的山芋的味道。

　　小时候，曾经天天吃山芋，以至于我现在也时常感叹自己微胖的身体是不是因为小时候被山芋"滋补过剩"的原因。父亲知青下放回城后，我们能享受到的第一福利待遇，就是变成了城市户口，吃上了国家的"定量粮"，所以尽管仍然在村子里居住，口粮田却被村上收回。家有嗷嗷待哺的哥哥和我，让每月很少的"定量粮"总是捉襟见肘的。每次母亲拿着全家的粮本到乡上粮管所的时候，既要忍受本村人啧啧的、不知道是羡慕还是嫉妒的声音"又上街领皇粮去了"，又要忍受粮管所那负责发放"良优米"的小统计鄙夷的目光："农村人吃定量个能吃饱哦？"

　　所幸的是母亲从小吃苦耐劳惯了，她以一个母亲的责任，在家前屋后的7分的自留地里，把能种上庄稼的地方都利用上了，后来，叔叔们看我们一家吃"定量粮"实在熬不下去，又纷纷挤出一点责任田给母亲种植，大约能有两亩地的光景，且帮助分摊了上缴的费用。这样，每年我家除了可以领取国家"定量粮"之外，还可以通过栽种庄稼贴补家里的粮食。印象中母亲种得最多的品种就是山芋，其实不光是我家，村里大部分人家都是种植山芋。在那个除了革命就是填饱肚子的年代，人们考虑的不是农作物的经济效益，而是可以填饱肚皮。

母亲能把山芋做出很多的花样：家里来客人了，饭锅里一边是米饭，一边是蒸好的山芋；将山芋与玉米糁子一起煮粥；山芋藤剥皮后用开水淖一下，可以用来爆炒，很是下饭；冬天来临的时候，在圩子向阳的坡上挖一个很深的洞，将山芋藏进去，盖上厚厚的麦秸，覆上土，来年青黄不接的时候，可以接上茬，或者是将山芋洗净后，切成片儿晒成山芋干，也是山芋越冬储藏的好办法，总之，尽管那个时候经常闹粮荒，但是因为有山芋，我的童年一直没有饿过肚子，记忆深处最多的就是山芋——那看似歪歪扭扭、样子丑陋的"番芋"。

参加工作以后，在城市的街头巷尾，经常看到卖烤山芋的，一个三轮车上架着一柱大大的油桶做成的烤炉，发出诱人的香味。起初儿子觉得好玩，吵闹着要吃，买过几次，几次都是咬上几口就说不好吃，然后甩给我。我舍不得浪费，一股脑儿吃下去，也觉得不好吃：咋么都吃不到山芋那独特的泥土味。小时候，放学回家直嚷嚷肚子饿了，那时候没有台湾手抓饼、没有肯德基，更没有麦大叔，母亲从烧得通红的锅塘里用火叉挑出一个黑乎乎的东西来，在手里左右颠着、吹着，然后轻轻地剥开黑黑的发焦的皮，一阵山芋的清香扑面而来，腾腾地冒着热气，然后就在母亲的嗔怪中，忙不迭地咬着，稀里哗啦地吹着气，仿佛那便是天底下最美的食物，而此时，母亲总是怜爱地看着，说："慢点，慢点，太烫了，不能把心烫啊掉下来！"

昨晚，想去市场买点山芋煮点玉米山芋粥，儿子闹着不肯煮，说山芋粥一点儿都不好吃。我有些惆怅，也有些不能明白，我不知道是我们渐渐地远离了山芋，还是山芋渐渐地远离了我们的视线？但我知道，儿子这一辈的人，是肯定不能明白山芋之于我而言，在心灵的深处，牵动着怎样的情愫！

荠菜

　　岳母从乡下托人带来了一袋荠菜,一直放在厨房角落里没有理会。前天在翻家里的蔬菜存货时,才发现还有一袋荠菜。因为存放时间长了,叶子都蔫了,妻子说恐怕不能吃了,要拿出去扔了。我说,用点清水泡一下,荠菜就是这特性,一泡水,就胀开了。不想扔掉的原因不止于此,我知道,这一袋荠菜,是岳母弯着罹患腰椎间盘突出的腰,在田地里一棵一棵地铲起来的,我小时候就经常这样弯腰挑着荠菜。

　　幼年最喜欢做的事情就是挑荠菜,因为挑荠菜就意味着全家要改善伙食打牙祭了。清晨睡得懒洋洋的时候,妈妈总会叫醒我和哥哥:"去,去挑荠菜去,晚上包饺子。"禁不住荠菜饺子的鲜美,我和哥哥一骨碌爬起来,挎个小篮子,拿上小锹,沿着田埂一路寻找过去。

　　那个时候,田里长的庄稼单一,除了麦子就是棉花,别的杂草在勤劳的农民拾掇下,总不见踪影,可是,只有荠菜,农民是舍不得作为杂草铲除的。田埂上的荠菜是天然野生的,它不像麦子可以成片的长着,也不像其他蔬菜一畦一畦的,它就凌乱地在沟畔、田埂上胡乱地长着,

133

有紫红色的，光亮耀眼，有绿油油的，大叶招摇，有些长得颀长，翠嫩欲折，有些长得肥厚，给人一种凝滞感。

挑荠菜是一个技术活儿，很有些讲究：一锹铲的浅了，荠菜就容易散架，不好挑拣；铲得深了，粘带的泥土多，不易洗干净。要用小锹挨着荠菜的根，薄薄地铲一下，用手拢住整棵荠菜，轻轻一拔，微微地甩一下泥土，整个荠菜就完整地挑出来了。一个晌午下来，挑一篮子荠菜也是腰酸背痛的。

回到家以后，大人们将挑来的荠菜一棵一棵的用剪刀剪去根部和黄叶，再用清水洗几遍，洗去泥土，然后用一个大盆子将荠菜泡在里面，刚刚还蔫蔫的叶子，有了水之后，就立即变得鲜艳起来，仿佛久旱的土地，一个劲儿地吸足了水。清洗好了的荠菜，可用清炒，那是早晨吃粥最好的佐餐；也可以剁碎了包饺子，白皮绿馅儿，像翡翠般晶莹剔透；也可以用开水淖过后晾干了，是咸菜的替代品。

作为野菜的特有品种，荠菜包的饺子是最佳的菜肴，将荠菜挤水或者焯水后，和上一点肉，搁一点虾米、蛋皮，做成饺馅儿。我记得幼年的时候，晚上全家坐在桌边，等妈妈在锅灶边下饺子，等水沸腾了，饺子下锅，烧开水后，揭开锅盖，一阵荠菜特有的清香顿时弥漫开来，这时候，最要紧得是深吸一口气，那阵荠菜的香浓味儿便钻进了五脏六腑，钻到了全身每一个毛孔，甚是惬意。饺子端上桌来，孩子们照例是狼吞虎咽，尽管烫得稀里哗啦，席间只听见喉咙吹风的声音，转瞬间，一盘饺子风卷残云般得被消灭干净，几轮吃下来，总会斜靠着椅子，摸摸肚皮：真香啊！偶尔还打个嗝儿，一股荠菜的味儿，那时候觉得荠菜饺子就是天下最鲜美的食物了。

望着盆里已经吸满了水、胀的溢过了盆边沿的荠菜，我对儿子："今晚，我们包荠菜饺子吃！"

儿子雀跃起来，我知道，他的欢呼是因为可以间杂其中帮忙包饺子玩耍，却不知，我的心，被盆里的这些荠菜牵往了很远很远的时光！

咸菜飘香

窗外已经是寒冬的景象，满地的梧桐叶随风飘来落去的，在冷得有些青灰色的柏油马路上打滚。上午母亲打来电话，说新腌制的雪里蕻咸菜"熟"了，托人给我捎来了一小罐。

装咸菜的瓶子是玻璃的，切碎了的雪里蕻褪去了它原来的鲜绿本色，变得黄澄澄的，不用打开，我也知道这咸菜一定很香很香。

母亲是腌制咸菜的高手。

印象中的童年生活，物质条件非常贫瘠，而这咸菜就成了千家万户桌上必不可少的佐餐佳肴。每到秋收霜降过后，母亲便开始晾晒腌制咸菜所必需的菜，不仅仅是雪里蕻，还有大白梗的青菜、麻菜等，不同的品种母亲用来腌制不同的咸菜。

将菜择去黄叶，用略温的井水淘洗干净后，母亲用一张柴帘将洗净的菜薄薄地摊开来，三五天过后，等所有的菜叶子都蔫了，母亲便开始忙活起来，白天要劳作没有时间，晚上便点上一盏煤油灯，用洗澡的木盆盛装晾晒好的菜，一旁用一张塑料纸摊开，放上砧板和一张小板凳，母亲开始切菜，一刀又一刀，"嚓嚓"的声音从厨房里传开来，在初冬寒夜的村庄里飘了很远很远，手边的菜切完了，守候在一旁的我和哥哥就抓上一把递给母亲，很多次我依靠在旁边都打上盹儿了，母亲还在切一刀、弯一下腰、点一下头，直到堆得如同一个小山一般。

曾经幼稚地问过母亲为什么要腌制这么多的咸菜，母亲说"家有咸菜是一宝，农家桌上少不了"。后来渐渐明白了，从秋收过后到来年的春上，是农村最青黄不接的时候，田间几乎没有任何蔬菜，唯有这咸菜才能给农人以生活的希望，给他们以一日三餐的乐趣。

母亲会腌制好多种咸菜：雪里蕻是用来腌制干咸菜的，用一个大缸放一层切碎的菜、洒一层盐，然后摁结实，封上塑料纸；大白梗的青菜用来腌制水咸菜和酸菜，将卤汁做好后把菜放进去，在最上面压上石块，过些日子就是水咸菜了，而酸菜的腌制，需要将晾晒好的菜在开水里焯一下，淋上头年遗留下来的酸菜老汤，封好坛子；而麻菜的腌制更是见功夫，将麻菜切碎后，还要挤去水分，再晾晒几天才能腌制，不然口味就有些异样。

母亲也是烹制咸菜的高手。或煸炒，切上一段葱、几片姜和几粒蒜瓣，放上半勺油，炸开了葱姜的香味后，将咸菜倒进去，就成了一道喝粥的美味。或炖煮，舀上半勺黄豆去屋后人家换上三两块豆腐，劈成小方块略微煎一下，半勺水、一把咸菜，就成了鲜味十足的下饭菜，既是汤又是菜，我常常吃得是碗底朝天；或是酸菜炒蚕豆瓣、炖蛋，总之母亲手下的咸菜有着千奇百样的变化，成为我家餐桌上记忆最深的风景。

关于咸菜的记忆，不总是欢乐，也有苦涩。那一年，我听别人说咸菜炒鳝鱼丝特别好吃，而鳝鱼是农村常见的鱼类，但是我没有吃过，就决定在放学后到河边去抓鳝鱼，回来让母亲用咸菜炒着给我吃。没有见过鳝鱼，不知道长啥样，邻里的一个同学自告奋勇带我去。结果等我辛辛苦苦逮了一条鳝鱼回到家的时候，全家都惊呆了：我竟然抓了一条蛇回来了。母亲的第一个动作是不顾一切地打掉了我手里拎着的那条蛇，将我全身裸露在外的地方寻了个遍，看我是否被蛇咬伤，哥哥找来苏打水不停给我洗手消毒，跟我说我抓的是一条蛇而不是鳝鱼，会要了我的命的。那一夜，带着对蛇的恐惧和年幼时代对生命的敬畏与期盼，我忐忑不安地度过了一夜，从那以后，我最怕的事物就是蛇了。

去年春节全家相聚的时候，哥哥还说起童年的这件事儿，我们都哈哈笑着，唯有母亲沉默不语。我知道，母亲不是想不起来这件事儿了，是她作为一个母亲在那样的年代没有给子女能以更好的生活条件而内心伤感吧，其实，母亲已经做得最好！

淡淡的咸菜味儿诱惑着我的味蕾，勾起我无限的感叹：咸菜在今天的这个时代已经成为餐桌上的点缀，只是在鱼肉大餐之余用来改善一下口味的辅佐菜了。

变化了的不仅仅是咸菜的地位，还有许许多多未曾遗忘但却也不重视了的过往岁月！

豆荚儿青青

　　父亲打电话来的时候，我手头正忙得不可开交，又不好挂了电话，就听见电话那头父亲有一句没一句地说着："这几天农村里的菜也是青黄不接，新一茬的菜还没有长出来，老一茬的菜已经开花不能吃了。倒是屋后的几畦豌豆长势旺人，清早起来摘了一篮子给你们捎去了，你要记得去拿。""我记得孙儿最喜欢吃豆荚涨蛋，味道鲜着呢，我晓得你们忙，带去的豆荚儿我已经把边茎都撕掉了，用水冲一下就可以下锅了。"

　　我在电话中对父亲说："下次你不用撕了，带给我们自己撕，你手不方便，有些事儿就不要太细作了。"

　　那头传来父亲的一阵叹息："做父母的心都是这样的，在城里买这买那的也不方便，这是自家长的。何况这豆荚是季节性很强的，过了这段时间就吃不到了，你们一下子吃不了，可以用保鲜袋装好放在冰箱里冷藏，能吃好几次呢。"

　　中午下班，我拿到了父亲捎来的豆荚儿，一根根颗粒饱满，绿滴滴的，形似月牙儿，边茎都已经收拾干净了。

望着方便袋里的豆荚儿，我心中有股酸楚，几年前父亲就得了轻微的帕金森综合征，两只手总是不听使唤地摇摆着，我无法想象父亲那一双不停颤抖的手，在撕豆荚边茎的时候，他需要克服怎样的不便，需要用多大的力气才能做到将一根根豆荚挑拣干净？

记忆中的成长岁月，最忆的就是这青青的豆荚。豌豆是农人最不需要打理的蔬菜，杂草在豌豆苗强势的排挤下，只能蜗居在豆蔓的根部，甚至在豆蔓铺满整个豆架的时候，那些杂草因为终日不见阳光而自行枯萎，成为豆苗天然的养分。

初春时分，舍不得家前屋后"十边地"被白白浪费，父亲总是很早地就在河畔、田埂、菜畦边用小锹破开土，挖一个很浅很小的塘儿，撂上一两粒豌豆种子，等到一场久违的春雨过后，豌豆苗儿便疯了似地争先恐后从土中钻出来，只是三五天的时间，豌豆苗儿便有了一尺多高。这个时候，父亲便会砍来一些芦苇棒，挨着豌豆苗的根插下去，再将豌豆苗缠绕到棒上，只要几天的工夫，就会看见豌豆苗的藤蔓沿着芦苇棒蜿蜒而上。

大约一周的时光，豌豆开始开花结果，仿佛也就是一夜之间，第二天清晨就会看见豆架上已经挂满了青青的豆荚，饱蘸着露珠，一根根垂下来，翠绿欲滴。

不要小看了这小小的豌豆荚，在相当长的时间内，尤其是物质匮乏的那个年代，打春之后的青黄不接之时，这豌豆荚就成了农人的主菜，甚至是救命的食粮。

记得那个时候，母亲能将豆荚做出不同的口味儿来：或是加一点蒜瓣清炒，装在盘子里如一片一片鲜嫩的肉片，肥而不腻；或是烧汤，放上一瓢水，只要加点盐，汤就变得青绿青绿的，不需要加味精就很鲜很鲜；或是打上一两只鸡蛋放在饭锅里蒸，碗中白的蛋清黄的蛋黄绿的豆荚恍若一幅写意的油画般。

傍晚放学回来，我和哥哥放下书包的第一件事情就是飞奔进厨房，寻找中午吃剩的豆荚汤，不管三七二十一，呼噜呼噜地喝上一大口，鲜味直沁五脏六腑，心里霎时就得到一种安宁与祥和，这安宁与祥和非是别样的物质环境所体味不到的。

儿子出生后初开食，喂到饭的时候总不由自主地往外吐，榨菜、萝卜干、咸菜都试过了，儿子就是不肯好好进食，父亲说孩子吃不到咸气和鲜味，尝试着给喂了儿子半片豆荚，却吃得"吧咋吧咋"的，开始会进食了。

打那以后，父亲无论多忙，每年都会记得种上几畦的豌豆，每到豆荚成熟的时候，它就成了我家餐桌上必不可少的一道菜。

回家到家中的时候，妻子已经将饭烧好了，我拎着豆荚儿对儿子说："爷爷带豆荚儿来了，今天中午咱加餐。"

儿子雀跃起来，我在锅中翻炒着豆荚儿的时候，看着青青的豆荚，想起了手不停颤抖的父亲，想着父亲一根根撕着豆荚，嘴唇边有咸咸的液体默默流过，我知道，我的生命里，已经不可阻挡地融入了这青青的豆荚儿！

野小蒜的味道

闷热的大伏天，晚上到家的时候妻已经煮好了大麦糁子粥晾着。桌上小菜别无他物，两个咸鸭蛋，一方腐乳，一碟腌小蒜。我直呼美味，就着腌小蒜"呼啦呼啦"喝了两碗大麦糁子粥。饭毕，摸着滚圆的肚皮，打着嗝儿，一阵小蒜的清香依然在舌尖上流淌。

腌小蒜是母亲从乡下带来的，带来的那天打电话给我说："家里腌制的野小蒜熟了，带了一小罐头瓶给你尝尝。"母亲总是那样的细心，生怕不在她身边的我热了、冻着甚或饿了，间或有顺路的车子，这样那样的总要收拾一点捎给我。

去顺路的公交车上取回的时候，车上的司机问我："老母又给你带啥好吃的？车内都是一阵的喷香的味道。"

我狡黠地说："你猜，猜中了就送给你。"

司机接连说了七八种美味都不对，一直等我打开瓶盖给他看，他竟也忘乎所以地说："现在还有人腌制这个啊？这个喝粥是最大的美味啊！"

家乡的土壤是沙土，盛产着像马苋菜、枸杞头、蒲公英、野小蒜等这样的十足野生美味，而我独偏爱野小蒜的味道。野小蒜，长条叶外形如韭菜，或说是大蒜的"微缩"状，根部只有一个鳞瓣，在我的童年记忆里，野小蒜一直伴随着我的一日三餐，或者说一直伴随着童年乡下的那段生活。

在那个物资极度匮乏的时代，野小蒜是很多农人家中常备的菜肴。或是腌制后当作咸菜，或是生炒，或是炒卜叶，或是炖豆腐。生的野小蒜味道不如大蒜那样重，但是腌制或生炒后，清香扑鼻，是农人佐饭、喝粥的最佳菜肴。

野小蒜的收获正常在夏秋两季。

记得小时候放暑假的时候，每天下午火热的太阳偏西以后，我和哥哥便各自挎上一个篮子去挑羊草和猪草，临出门的时候，母亲便跟在后面喊上一句："顺路看到小蒜的话，就挑点回来。"于是在扯完了羊草、猪草后，我和哥哥便趁着太阳下山前的那一会儿工夫，仔细地在方塘河的围堤上寻找野小蒜的踪影，野小蒜是一簇一簇地生长的，找到一处野小蒜，用小锹连根挖起来能有一大把，每天积少成多，有了五六天以后，母亲便将所积累的小蒜用井水淘洗干净根部的泥沙，然后放到柴帘上晾晒，经过三四天的暴晒以后，原本翠绿欲滴的野小蒜渐渐失去了水分，也失去了绿色鲜亮的光泽，变得干枯了，原本一柴帘的小蒜到最后也就剩下几大把的样子了。

于是，在某一个晚饭后，母亲将晾晒好的小蒜收拢一处，用菜刀细细的切碎，然后用小坛子撒一层盐，铺一层小蒜，反复至坛口，用力压实，再用一块塑料纸蒙住坛子的口部。

约莫一周的光景以后，用母亲的土话说，就是小蒜腌制熟了，可以开坛了。

开坛的仪式似乎是不约而同地隆重：全家围坐在小方桌边，面前是早已经盛好的粥碗，母亲小心翼翼地捧来腌制的坛子，揭去塑料纸，用筷子夹去最上面一层的小蒜，然后扒拉出一些放到盘子里，我和哥哥早已经似乎等不及了，胡乱地夹上几筷子放到粥碗上，就狼吞虎咽起来，一碗粥下去的时候，总还没有咀嚼到小蒜那特有的味道，于是，再来一碗粥，慢慢夹上几根小蒜，才发现腌制后的小蒜叶子已经是遍体通黄通黄的，块状的根部微微发红，细细在牙齿间磨动，野小蒜的清香便在整个口齿间弥漫开来，味道不热烈，香味不冲鼻，倒像是陈年的温酒，缓缓流淌，款款而来。倘若说大蒜是热辣奔放的豪杰俊雄，那么腌制后的野小蒜，倒也算得上有几分江南婉约女子的风味了。

母亲知道我喜好，每年的夏秋季总要晾晒腌制上一两罐的野小蒜带给我。

尽管每次她都在电话里抱怨："越来越找不到野小蒜的影子了，挖个小蒜要走很远很远。""眼睛不行了，挖回来的小蒜拣掉了一半都不是，我这眼神啊，现在连小蒜和草都分不清了。"

听得我的心头酸酸却又暖意融融，因为，我知道，因了这小蒜，母亲便有了牵挂，而我也有了想念，正如那在舌尖上一直徜徉的野小蒜的味道！

鱼刺小记

中午回家吃饭，刚端上饭碗，儿子叽叽喳喳开了："期中测试语文成绩出来了，虽然考了个第一，但是作文被扣了3分。"我有点不自然了，一边扒拉饭，一边跟他说："你把作文思路说我听听，看如何？"

我顺势抬头看了一下他，晕，我有瞬间的窒息感：我吃鱼被鱼刺卡住了。一阵钻心的疼痛从喉咙处弥漫开来，我放下饭碗跑到垃圾桶边干呕几声，眼泪都呛出来了，咽一口唾液，疼痛和灼热感依旧很强。

我推开房门往外走，儿子懂事地跟了出来：爸爸，我陪你去拔鱼刺。跨上小电驴，驮着儿子来到隔壁的一个社区卫生服务站，负责人李哥是牙科的专科医生，昨天我刚刚在他这里结束长达数天的感冒挂水治疗，一进门我就沙哑着喉咙、耷拉着舌头说："锅（哥）啊，吃鱼被卡住了。""没事儿没事儿，我看看。"我依言漱口、躺倒在他为别人专门拔牙的那个理疗床上，打开灯，用压尺摁着我的舌根，一阵无法控制的反胃感强烈袭来，李哥无奈罢手："你喉咙太敏感，要打点麻药才行。不过，我这边没有麻药了，你去人民医院看看吧。"

起身，驮着儿子去市人民医院，怎奈，已经下班时分，去外科咨询，一帅哥说："拔鱼刺要到五官科。下班了，下午来，要不你就到住院部去，找个医生也行。"

下午就下午吧，住院部不在那里看病怎么会有医生治疗呢。思虑再三，转身离开。驮着儿子回家，不能咽唾液，那个疼啊！我眼泪几乎在眼眶中打转。不服气，再找另外一家卫生服务站，医生不在，小两口中女的在挂水，男的在背后相拥着旁若无人，整个一少儿不宜啊。

我赶紧带着儿子离开。

继续前行500米左右，到了富腾微创医院，抬头看见"口腔科在二楼请进"的字样，钻身进去，一个帅哥已经褪去白大褂准备下班，我挣扎着说明来意。帅哥很和蔼、很善良、也很负责任："这样吧，我给你看看，浅处的话看得见我就帮你拔了，看不见就等到下午到五官科，行不？"

我再次躺上了牙科医生的理疗床，帅哥特意换上一次性医用手套，准备好酒精灯消毒，拿来卫生用品帮我压着舌根，同样的反胃感袭来，看不见鱼刺，先后试了三次，我是干呕得眼泪哗哗流。

帅哥一脸无奈："老锅（哥）啊，不是我不帮忙，实在看不见，打麻药有规定，这个不是我的医疗范围，下午吧。"起身，对这位帅哥表达最深的敬意，帮我折腾半天，用品去掉不少，一分钱没用上。但我不服气，在医院里转了一大圈，楼上楼下，五官科没人。继续跟儿子回去，路过第四人民医院，顺道进去看看。偌大的医院显得很萧条，不仅没有医生，也没有病人。我刹那间有了一种"中国人都很健康"的错觉。没人，作罢。

回到家时，已经一点，儿子很懂事地自己走着去上学了。

我宽衣解带准备午休一会儿，肚子咕噜噜地反抗着，且不去管它，喉咙要紧。迷迷糊糊地睡着，一看两点多了，妻子赶紧叫我："去人民医院拔了，我陪你去啊。"

"不用，你去上班，一根小鱼刺难不倒我。"洗把脸，依然骑上我那小电驴直奔人民医院而去。到了新门诊大楼，望着矗立的高楼里人流熙熙攘攘，顿然生出莫名的感叹：人生有三个地方可供参观发表感叹，一是产房，新生命降临的地点；二是病房，人世百态在病房里都有上演；三是火葬场，权倾一时、万贯家财最后都是一抔尘土。

也罢，先去挂号，大洋10块，挂了个五官科，按照楼层示意图，小心翼翼迈上电梯来到三楼。先在门口一个不停玩弄着手机上愤怒小鸟、面部表情有点扭曲的小MM那登记排号，甩来一句话：去里面6号。

走到门口，听见里面一阵阵杀猪般的叫声，还有人在引导说别叫别叫，很快就好。

我面部表情沉重地走进6号科室，接待我的是一个一等一的中老年师奶杀手帅哥。哽咽着诉说我的病因，医生原本松弛的表情越来越严肃：你这个是相当得严重啊。这句话我愣是没有听出宋丹丹小品里调侃的味道，倒好似我患上了啥绝症似的，幸好我的定力好：不就一根鱼刺？拔了就是，而且我喉咙敏感，味觉比较灵敏，需要喷点麻药。

在我一通无师自通的医药理论指点下，医生渐渐又放松起来："先给我看看有多严重，哦哟，你这个没得命啊，在咽喉软骨下呢，你怎么戳上去的啊，这个鱼刺卡得有点技术含量。"

我内心翻出来一句国骂："××，技术含量？不严重我没事儿能上你这儿来？"

医生唰唰地在电脑键盘上敲打着，一会儿爱理不理地看看我："平时喝酒吗？"

我忍不住嘟哝一句："奶奶的，看个鱼刺，跟喝酒啥关系？"不过我还是强按着性子说："偶尔，一两左右，你也好这一口？"

医生没有接我的话，让我将嘴巴张开，用个软塑料瓶子不由分说就往我口腔里滴了两滴感觉麻麻的液体。我知道是开始给我打麻药了，紧闭嘴巴不再吭声。

医生随手将挂号单子和他打印的单子给我：三楼缴费，一楼拿药。我再次紧闭着嘴巴在门诊大楼里上下跑了一个来回："他先人的！"在我拿到缴费单子的时候，我终于没有能够闭得上我已经打了麻药的嘴巴：整整131.6元。不就一根鱼刺吗？我还记得一个月前儿子被鱼刺卡了就花了10块钱。看来医院把我这样肥头大耳的都当着土豪劣绅了。心疼归心疼，但是喉咙的肉疼是实实在在的，为了不肉疼，我就顾不上心疼了。

再次回到三楼治疗。医生又问我："平时喝酒不？"

"喝啊，不是跟你说了的吗？"

"喝多少？"

我用很看不起的眼光看看他，内心一个声音说：小样儿，你两个人我都能喝翻了你。不过嘴巴上还是很谦虚谨慎的，毕竟我喉咙的小鱼刺的命运还掌握在他的手里，我卑微地向前欠着身子恭恭敬敬回答说："二两。"

医生也用有点鄙夷的眼睛余光看了我一下，不再说话，继续用刚刚那个塑料瓶子往我嘴里滴麻药，这次我感觉比上一次多滴了三滴。我紧闭着嘴巴直定定地看着医生不再言语。五分钟后，他再次问我："喉咙感觉有点厚了没有？"

我摇摇头。他急了："你究竟能喝多少酒？"

我起身在垃圾桶里将刚刚含在嘴里的一口唾液吐掉，很平静地跟他说了一句："状态好的话一个手榴弹！"

医生刷地站起来，不再言语。我听见里面操作间一阵叮叮当当的声音，不一会儿，隔壁又是杀猪声响起来。

我郁闷啊，一看时间已经快下午三点了。张开嘴巴，医生拿着一个大型的不锈钢器皿对准着我的嘴巴，"噗嗤噗嗤"，我也不知道他挤压了多少下，只知道我嘴巴张累了，他说：好了，到门口等上10分钟后直接

147

进来。

坐在门口椅子上我搜索到无线网络，上网看起了雅安地震的系列报道。奶奶的，我是生在新中国、长在红旗下，昨天单位要求捐款，看着别人都是50元的捐，刹那我的脑瓜子进水了，我一下子捐了100元，这不，网上疯传红十字会捐赠评论都是"捐你妹"，我郁闷我100元钱的捐款去向，得实时跟踪雅安抗震救灾的后续报道，说不定还能看见我那100元在灾区起了作用了。倘若真地给灾民了，我倒也无怨无悔。

不一会儿时间到了，我再次走进治疗室。真有一股当年项羽乌江自刎的味道。准备停当，医生让我自己用右手尽量将舌头往外拉，我拉，我拉，不知道怎么的，头脑中就冒出了《倩女幽魂》里小倩的样子来，我赶紧闭上眼睛：大白天的，都说医院是个藏污纳垢的地方，别真地将那啥招来，我就是来拔个鱼刺的，用不着演绎跟女鬼的爱恨情仇。

医生看我一副大义凛然的表情，笑了："问你喝多少是因为酒量大的人麻药量要适当加大，你这是在咽喉部，麻药用多了对大脑不好。你别一副好像上刑场的样子，忍耐一下哪怕就是两三秒钟，我就给你夹出来了。"

我点头，医生引导我："发出依依依的声音。"

我立马松开了手："这谁发明的这引导法啊？我都那样了，还让我叫爷爷爷爷，你大爷！"

看着医生那个冰冷的器械，我作罢，再次拉出自己的舌头。一阵折腾，在我不停鼓捣着"咿——咿"，强忍着死去活来的反胃感等，在灼热感、疼痛感、火烧感一起袭来的时候，我咳嗽出一口血痰，再干呕几声：咿，我不由自主叫出了刚才医生引导的声音，好了。不过还是有点疼痛，但没有刺痛了。

医生例行公事般："应该没了，如果明天还疼，你早上啥都别吃就过来，我再给你看看。"

"啥叫应该没了？我不就是来拔鱼刺的吗？"但是我不敢吱声，万一得罪了他明天再来一趟我可就惨了。我左哈腰右点头答应了。"回家要吃点消炎药。"我再次点头。

一夜安静，早上醒来，微微有点疼痛，吃点消炎药，中午，疼痛进一步减轻，下午上班，只剩微痛，知道已经将鱼刺拔去。

中午，饭菜里依旧还是有鱼，流了哈喇子，拨弄几下，终是没敢动筷子夹着吃。

是为记。

第六辑　开满鲜花的滩涂

每一个梦想都会开花

于"弶""弶上""弶港",一直总有着不舍的情结,贯穿了我从幼时至今的记忆长河。而今去弶港的时候,看那一株株拔地而起的巨大白色风力发电机组,仿佛是盛开在南黄海岸边的一簇簇梦想之花——越开越多、越开越盛。

"弶上"的情结,是从憧憬到甜蜜、从期待到祈祷的一段历程。

小时候,和长兄一起用小芦柴棒支起筛子的一端,在下面撒上麦粒,用一根线牵住芦柴棒远远地躲起来,等看到觅食的鸟儿在筛子下面忘乎所以吃食的时候,轻轻一拉总能捕捉到几只贪食的鸟儿,盘玩几天后鸟儿即宣告死亡。后来父亲看到我们恶作剧般的捕鸟过程后,耐心地告诉我们鸟儿是人类的朋友,不能随便捕杀,同时也教会了我们这种捕鸟名词:"打弶",还告诉我们,"弶港"即是由此而来。幼时的记忆中后来不曾再捕捉过鸟儿,"弶"却深深地烙印到了我的脑海中。

再后来,一个远房姨妈嫁到了弶港,第一次来我家的时候,带来了许许多多我叫不出名字的贝类、海鱼、虾蟹等。那天中午母亲就用姨妈带来的文蛤炖蛋、鲳鱼清蒸，还有白焯雷公蟹、清水竹蛏等，那个鲜味儿一直沁入我全身的三万六千个毛孔，是我记事以来吃得最淋漓畅快的一顿午饭，那一次我记住了从弶上来的姨妈，甚至在好多接下来的日子里，期盼着姨妈能够再次来我家做客。

初参加工作时，因为同属一个教学片区，曾经多次去过弶港。那时的弶港还是一个海边渔业小镇，街道显得很小，横七竖八地停放着从海里到岸上修补的小舢板、到处是已经褪去蓝色显得发黑的各式渔网，腥咸的海风中偶尔还间杂着已经坏死的海鱼的臭味。出了小镇向东是一望无际的荒草滩、盐碱地，红红的盐蒿、颓废的芦苇、泛黄的小水塘，总令我想起诸葛亮《出师表》里的一个说法：不毛之地。

那一年长兄因为乡镇合并调至弶港工作的时候，家里没有一个人支持，尤其是我对数年前看到的弶港耿耿不平："这么多乡镇哪个地方不能去，偏要到那去？"

长兄付之一笑："越是艰苦的地方，能去为当地群众百姓做一点工作，我个人觉得有成就感。我感觉沿海这几年要快速发展，更有我施展的机会。"

临去弶港的前一夜，长兄与我促膝长谈许久，并赠给我一本丁立梅老师的散文集《每一棵草都会开花》。

长兄伴随着弶港在地理位置上离我越来越远，但是沿海开发的每一个讯息都会撩动我内心的情愫，时常在闲暇之余想起长兄，在祝福长兄的同时，一想哥俩又是数月未见面了。

尤其是在我工作调动后，我和长兄更多的交流是停留在电话中，而长兄总是很匆匆忙忙的应付几句就说："我很忙，回头聊。"

这一等有时候甚至就是数十天没有音讯。

那天回老家刚好闲着，就跟长兄联系去弶港看看他。而等我驱车进入弶港的时候，历来自认为是个路路通的我竟然在觉得很熟悉的"弶上"

迷路了：一幢幢拔地而起的高楼大厦代替了我原来印象中低矮的渔舍；一条条宽阔的柏油马路不再是昔日坑洼的砂石路；道路两旁盛开的七彩鲜花如同四季如春的烟雨江南；独具风情的伟业天源城风姿绰约；还有那已经开工的东台首家苏州园林式住宅小区"弶上人家"工地上如火如荼……

我忘乎所以地停车注目，凝视着眼前翻天覆地的变化，我知道了长兄当初为啥要选择来这片土地上，我知道了为啥每次电话中长兄总是匆匆说上几句就挂了，我知道了长兄当初赠送我那本书的含义：不仅仅是每一棵草儿、花儿会开花，只要努力，每个人的每个梦想都会开花！

黄海，千年的风霜亘古不变，海盐文化、红色文化、渔业文化演绎着历史动人的传说；沿海，匡围的滩涂生机无限，催生着更多的有识之士投身它的建设；弶上，一个讲述许久的梦想，正在沿海绽放的浪花中璀璨如晨曦！

四月，迎接一场花事

  四月，能让我刻骨铭心惦记着故乡的，除了埋葬在老家大圩上故去的亲人们，应该就是大圩上那漫野开着的金黄金黄的油菜花了。

  故乡的油菜花，有一种野性的美。说它野，是那种泼剌剌的生长姿态，就像我家隔壁的琴儿丫头：大大咧咧的，嗓门杠杠的，辫子粗粗的，手脚壮壮的，走路"咚咚"作响，毫不掩饰。那油菜花的花蕊，就是她的辫子。张扬而不失个性；油菜花的茎秆就是她的手脚，丰腴而粗大；那风一吹簇拥一处的样子，就是她与同伴在田埂上嬉闹追逐着。

  野性不止于此。隔壁琴儿的奶奶说，"农村的娃好长。跌了，磕了，碰了，抓把土擦一下就没事，过几天就结痂蜕皮。"油菜籽也好种，从种植油菜秧开始，就是野野的：抓几把油菜籽，在家前屋后的一块稍稍平整过的土地上随便一撒，也不去管它是否均匀，就那样像天女散花般撒出去，用耖耙随意地铺上一层薄薄的土，挑上几桶井水将地灌足，然后就等着出秧了。说来也怪，那油菜籽在秋雨的连绵中，铆足了劲儿地一个窜得比一个强壮。簇拥成一团的，那是一把油菜籽没有撒开，不过照样是绿油油的；孤零零一棵的，也不知道是不是手指缝里一落下来的，冲天的叶子透着农村娃的桀骜不驯。

每次回家，在一大群孩子围着我讨要着糖果的时候，琴儿就静静地站在一簇盛开的菜花旁，孤零零的，像一株遗落的油菜花。我向她示意要抓一把糖果给她。结果，她羞涩地跑开了。

移植油菜秧之后，便是一冬的蛰伏。种植油菜的地方，断然不会使用口粮田的。于是，十边地，家前，屋后，沟渠边，池塘边，甚至机耕道的两旁，都是满满的油菜。从打春过后，这些油菜秧就像十多岁的琴儿丫头一样，我外出读了六年书，回来再见到她时，她上半身的衣服已经被撑得鼓鼓的。屋外，春雷轰隆隆的响声中，油菜的枝枝丫丫也挂满了花朵。

故乡的花事，严格意义上说，是从三月底开始的。当池塘边的老柳树开始垂下青丝的时候，油菜就有点急了，先是淡淡地流出一点点蕊黄，挑在嫩嫩的叶间，看了一点不过瘾。那年，我回到故乡，琴儿丫头就是像初开的油菜花一样，在门后露出半个脸看我，脸颊上带着羞涩的绯红，待我一回头，还没有看够，她就"扑通"一声关上了门。琴儿的奶奶说，"三月三，杏雨春。"我没有看到杏雨，却看见了故乡的油菜花开始盛开了。

那种盛开，是毫无设防、毫无预兆的。仿佛一夜之间，整个故乡都跌落到了一个巨大的调色盘里。画家也许是忘记了其他的色彩，整个调色盘里就只剩下亮黄的一种颜色，黄得晃人眼，黄得连天边的云朵也被浸染了。

在这样漫天的纯黄中，搬来一张藤椅，翻开一卷书，在懒洋洋的阳光下，读几行雪小禅的字，连心都柔软了，柔软得整个人都融化在这样的春意里。琴儿就是在这个时候偷偷摸摸地打开我的书的。窸窸窣窣的声音惊动了我，也惊动了琴儿。她像个兔子般跳跃了开去，眼睛却从我的书上再也移挪不开。

"喜欢？"我举着送给她。

她怯怯懦懦地走上前来，突然一把抓过转身就走。又突然定住身形，转过身深深鞠了一躬："谢谢叔叔！"

然后，看她的背影像风一样消逝在那无边的黄花中。

花，开得越发的盛了，每一瓣花都竭尽所能都舒展着身姿，要把一季的灿烂都在刹那间绽放出来。

蜜蜂也就是在这个时候出来的。即使是刚刚化蛹成蜂，也不能阻止它们对花香的追逐，每一株油菜花上，都发出"嗡嗡"的鸣叫声，抖动的翅膀因为速度太快而略显模糊，扇动得花粉到处乱溅。琴儿奶奶害怕被蜜蜂蜇着，每次走过快要被油菜花覆盖着的小路，总是不停用一条毛巾拍打着，那样子，就像她每天责骂着那些趴在琴儿窗口偷看的半大小伙子们的模样，琴儿就是她的油菜花，她怕琴儿也被窗外趴着的那些小伙子蜇着。这也难怪，自从琴儿母亲打小扔下琴儿回了所谓的贵州老家后，就再也没有了音讯。琴儿奶奶承担了更多母亲的责任。

油菜花开得越盛，乡人脸上的笑容就越多：那每一粒油菜花的背后都将是五月饱满的一簇菜籽荚。从那黄亮亮的油菜花中，仿佛已经嗅到了黄亮亮的菜籽油的香味，那浓浓的花香，带着丝丝的甜意。

花瓣开始慢慢从枝头褪落的时候，等待的希望也就升腾起来。

一夜的春雨过后，枝头上的黄蕊就变得稀疏了，一瓣瓣的花叶被雨水沾湿，再一张张平整地贴在地面上，那小径、乡道、田埂，如同铺开的一张金黄色的地毯。

四月的花事里，只读完小学的琴儿丫头也出嫁了。

其实，琴儿已经辍学在家好几年了。在外打工的父亲偶尔会寄一些钱回来。琴儿就拿着这些钱断断续续的读，读完小学已经十六岁了。"读书读不上，早点寻个婆家也好，省得我天天盯着不放心。"琴儿奶奶说咧着缺了门牙的嘴说，夹着花香的风掠过琴儿奶奶满是沟壑的脸，风声也有些无奈。

来年的四月，我背起行囊路过家乡。那无边无际的菜花香正飘满晒场。

晒场边，琴儿丫头坐在一张小板凳上给孩子哺乳。四周，是无边无际的黄，菜花特有的黄！

花事新街

新街。

顾名思义，新建的一座镇街。

在这个生我养我的故土之上，每一次的回乡，都是一番惊叹。比如，眼前这满沟壑的花花草草：芍药，虞美人，一串红，牡丹……甚至，沟渠边的菖蒲，也被周围的花儿渲染了，一溜边的开出了刺目的黄花，傍依在潺潺的水边。

新街是苗木之乡。它的那些花花草草，用文字是很难描摹出它们的名字，或者是形态。比如，那粉色的牵牛花，摇曳着敞开的口，每一株上面都有那么几朵，同行的老师惊咋得蹦蹦跳跳的："打碗花！打碗花！"其实，老师惊咋的不是花的颜色，而是花儿盛开时的那种浓烈，浓烈得惹人沉醉。

让老师惊艳的不仅于此。

新街的花花草草，不是圈养在某一隅，更不是盆栽在阳台上的。温室的花朵永远开不出新街的这种不羁。

就说这牡丹吧，一簇簇的，简简单单在农家门前抱成了团，葱郁的叶子一撮一撮的，然后就从中冒出三五枝粉白色的、大红的、粉红色的，一例是黄黄的花蕊，几只蜜蜂上下翻飞忙碌着，翅膀掠过柔嫩的花瓣，发出"嗡嗡"的响声。再说这大红的芍药，也放低了高贵的身姿，泼泼叉叉的在碎瓦断砖之间就开了，开得那样毫无"年年知为谁生"的诗意。

启海人家典型的慢生活在这里一览无遗。农家的老婆婆斜倚在门框上，端着海门大碗"呼噜噜"地喝着粥，就看着眼前这密密开着的各种花儿吃着早饭；身后刚从田间早起劳作回来的大爷，细致地收拾好锄头，用手掸去裤腿上沾满的露珠和新鲜的泥土。而大黄狗早早地钻进了银杏树的树荫下，三两只草鸡在场上觅着食，从一丛丛的花花草草旁边走过。

花儿，不因为人的喜好而生。

路边，密密挨着的是外来品种波斯菊。

友人说，再过几天，这路边上的波斯菊就要盛开了。波斯菊很接地气，不需要过多的侍弄，随随便便的移栽一下，便能开得到处都是。波斯菊的花色是仿若是随机调成的，蓝色的像妖姬，粉色的似仙子，红色的是刚刚初妆的新娘。每一种花儿都有一种生命的内涵。

门前大路上车来车往的渐渐热闹起来。有的车装着高大的树木呼啸而过，赶着奔往下一处的风景；有的车装着绿色有机的蔬菜，送到苏浙沪一带；有的车装着船舶救生设备前往远方即将起航的轮渡；更多的是那些年轻人，早早起床后就打开了电脑，轻点鼠标，一个个闪烁的光标，在屏幕上仿若一朵朵盛开的花朵，将收售的信息通过互联网传遍世界各地。

一花一叶一世界。新街人最喜欢的莫过于田野间的那些白色韭菜花了。这个最初让新街人走上致富道路的特经作物，如今已经成为新街最具绿色意义的名片。韭菜、韭苔、韭黄，就像四季轮回的花儿一般，一茬接着一茬的，沸腾在欢声笑语中。

时代的喧闹与乡村的宁静在这里交替。我跟她说，老了，咱俩就来此养老。一幢瓦房，几亩田地，一把锄头，一圈的鸡鸭，再在房子的四周种上各种花花草草。她说她也愿意。又有什么不愿意的呢？这样的凡尘，有这样四季如春的花事，与心爱的人一起到老，本身就是一种幸福。

　　她说这话的时候，小方红柿子树也开花了，嘤嘤的花瓣密密茬茬的。我知道，这个秋天又该是满园的收获了。

　　新街，先后两度获得"中国最美村镇"的盛誉。这个昔日的盐碱地，怕是张謇北迁启海民众来此垦殖，也未曾想有今日的这般美好。

　　不过，我想，当初张謇应该是携带着一粒花籽来的，才有了如今的这芬芳的绚丽。

因为春暖花开

一

窗外还稀稀疏疏地响着零散的鞭炮声，春节已过，返乡的回城了、放假的上班了、孩子也快开学了，但是浓浓的年味依然还弥漫在硫磺香扑鼻的空气里。

立春过后的阳光刹那就灿烂了起来，一扫年前的雾霾天气。这个春节，一直和父母厮守在一起度过，记得年三十的晚上，系上围裙在通红的锅塘灶口忙碌着，有鱼、有肉、有青菜萝卜，摆满了一桌。父亲端起酒杯哆嗦着说的第一句话不是因为过年的激动，而是因为儿孙满堂围绕着他氤氲开来的亲情；腰背佝偻的母亲一直绽放着的笑容不是因为合家团圆，而是看到她的子孙一年都健康平安；平日里不怎么吱声的妻子陡然间话也多了起来，那是她在这万家灯火的瞬间感受到了无法平抑的爱意；儿子的雀跃不是因为丰盛的晚餐，而是爷爷给他买的一盒子"擦炮"

玩了一整天……母亲恭恭敬敬地给她供奉的菩萨上香，嘴里念叨的第一句话不是保佑她的病痛无碍，而是她的孙女、孙子。我不知道泥塑的菩萨是否真的有灵，倘若真的能听懂母亲的祷祝，在这个春暖花开的时刻，我也愿意上一炷香，保佑我所有的亲人健康平安！

"如果你想要一滴水，我愿意倾其一片海。"这就是父母能给予我们的最大承诺，父母想要的幸福其实很简单：就是儿女绕膝下，就是儿女平平安安！

二

都说"男人四十一枝花"。不经意间，我也跨入"花儿"的行列了。

这个春暖花开的时刻，远在上海的堂妹喜得千金，初为人母的她不停地在微信上晒着她的幸福；小妹的男朋友也驱车百里来到家里见过长辈，素来苛刻的岳母极为满意新上门的女婿，使得腼腆的小妹这几天一直偷偷地乐着，青春的气息伴随着春暖花开，她手机里的MP3总是在播放着"如果你需要有人同行，我陪你走到未来。"懵懂的儿子还沉浸在他的那些动漫世界里，无邪地欣赏着大人们的喜悦；沿路上的花花草草已经开始悄悄地吐露着绿意，在暖阳里微微绽放着春天的幸福；沉睡了一冬的麦苗儿也睁开了慵懒的眼睛，扭动着腰肢迎接春天的到来；南黄海原本凛冽的风也变得柔和起来，港汊里停泊着的渔船正整装待发，去收获春天的气息。

四十岁了，古语云：四十不惑。四十岁的男人承担的不仅仅是对父母健康平安的呵爱，应该还有责任。藏在掌心里冰冻了一季的幸福已经开始慢慢地融化，打开心窗，对着金色的阳光许个愿：愿这一季的春暖花开永远没有冰川！

三

　　时间的流逝带给这春天美轮美奂的变化，幸福依然。紫铜色树枝丫含苞的嫩芽孕育整个冬天的能量，河里的结冰已经融化得只能围绕着还显苍白的芦苇，欢腾的鸭鹅已经迫不及待地下水了，在水面上撩起洁白的水花儿，原本略显压抑的水草儿荇荇地在水波中荡漾，缕缕的阳光被分割成无数的碎金洒落在春天的脚步里。

　　"风儿轻声低吹过，那是我和春天的对白，春暖花开，这是我们的世界，每一次绽放都是爱的喷发。"春天来了，蓬勃的爱应运而来，阳光在窗外洒满了整个天空，一片澄净的天地间到处都是暖暖的爱意，寒冬已经过去，其实，真的，幸福一直与我们同在！

西溪组章

引子

　　那是一个烟雨的黄昏，当我踟蹰而行步入这方的天地时，世俗烦躁的心终于在泰山寺中传出的厚重佛号声中突然寂静下来，"笃笃"的木鱼声一下一下敲打在心灵的边际，甚至是应和了心脏搏动的频率，撞击着全身的血脉。眺望天青色中沉默不语的海春轩塔，触手可摸的古城墙斑驳了往昔的记忆，悠长的梨木街延伸到目光的尽头，八字桥下的潺潺流水依旧一路欢歌，见证董永七仙女悲欢离欢的那棵老槐树翠绿的枝叶簌簌摇曳，而远方，姹紫嫣红的花花草草环绕着仙湖，有白色的水雾缓缓升起在半空中，美得令人心悸。瞬间，有温润的泪珠从脸颊滚落而下，"为什么我的眼中满是泪水，因为我对脚下的这片土地爱得深沉！"古镇、老街、小巷、青砖、黛瓦、黄墙，时光飞逝、繁华沉淀，一如这天空飘拂的雨丝，撩动几许愁绪。

西溪，我来看你了！

塔

突兀而起的砖式结构，顶上飘摇着几株枯黄的不知名的草，彰显着古朴沧桑。你从降临捍海大堤西侧的那一刻起，就用"海春轩"作为指引出海先民的痕迹，刻在历史的长卷上一千多年。一千多年啊，该是怎样的如佛入定不改当初的心意？

距离就在转身的每个一瞬间。那年那月那时那人，穿戴好装束，吻别熟睡的孩子，拥抱含情待归的妻子，迎着滔天的海浪决然而去。而你——海春轩，从此就成为西岸上日夜守望的倩影，塔不倒、灯不灭、心不死，这一等就是千年，一等就等成了南黄海岸边的"望夫石"。思念像疯长的草一般萋萋了你七级的身躯，八面悬挂的铃铛在风雨飘摇中召唤依旧，远航的人儿是否听见了你苦守的哀怨？在外的游子啊，梦牵魂绕斩不断你手中的那根长长的相思弦！那残缺的砖块，是否是日夜守候盼归的丽人倚塔磨破的情愫？

定海神针，你定住了多少思乡的泪？

寺

一如你的名字那样的厚重——泰山护国禅寺，所在之地，江淮之左，东濒滔滔海水，西襟沃野平原，非山非石，土坡之上，却难掩禅宗的庄严。

九百多年的紫霞真身，成就巍巍庙貌。怒目金刚、睡卧玉佛，辉映着高耸的大雄宝殿、东岳殿、碧霞宫、四大名山堂、梵韵堂、钟鼓楼、观音殿。每个清晨黄昏，肃穆的梵唱源远流长，飘过寺前的通圣桥，弥漫在乡野之间，袅袅不绝，淳朴的民风延续着历史传说。那声声醍醐灌顶的鼓声，那清脆涤心的磬钟声，祈求着四季的平安。

国泰民安，福地寺盛；大名古刹，绵绵不绝。泰山寺，把西溪的昨天、今天和明天连起来，深深地浸润进这方土地，在缭绕的香火烟气中进行着世代的传唱，让飞溅的祈祷把西溪的内蕴撑得巨大与经久，把西溪的未来隐藏得深厚与雄强。几番损毁、几番重建，不再是青灯古佛、一卷禅经，那桀骜不驯的一次次浴火重生后的洗礼，是苍天佑我中华、庇护一方民众的大义，禅水云心，香火不绝，正能量不断，拼接成中华民族伟大复兴梦。

菩提本无树，明镜亦非台，本来无一物，何处惹尘埃？

城

西溪的历史，蕴藏在勾栏斗角的瓦当下、青砖里，不仔细搜寻是断然不能发现的，这也正是西溪独有的风情，需要用心去聆听和体会。巍巍的古城墙，宛如时光老人脸上千壑纵横的皱纹，一块砖、一片瓦、一道道白灰抹过的墙缝，正是一页页泛黄的史册，默然展示着她的精致、内敛。

叩响虎型黄铜门环，推开朱漆的木门，"吱呀"的欸乃声在遥远的角落回荡。栀子花开了又谢、谢了又开，"无可奈何花落去，似曾相识燕回来，小径香园独徘徊。"晏殊的晏溪书院不再，而那烟雨中上下翻飞的春燕，仿佛在古城的上空呢喃着一段旧时光。衣袂飘飘的，可是弓腰亲植牡丹的吕夷简？花犹在，时非昔，而香气久留。那位"先天下之忧而忧、后天下之乐而乐"的布衣丞相范仲淹，正抱着一捆稻草夹杂在穿行的人流里，沿着海浪的冲刷线一步一步向前，一个个脚印深深地留在苦咸不堪的盐碱地上。

时光永远是这样，后来者总会覆盖掉前人的踪迹。但是城墙不倒，城砖不朽，两淮海盐的集散地让西溪始终滞留在那个薄雾缭绕的清晨，烽火台前，箭垛之下，一曲小桥流水，一首殇殇离歌，起起伏伏，追逐着西溪的过往、现今和憧憬！

桥

"一步两顶桥，两桥通三岸"。晏溪河上，雄河岸边，独特的"八"字造型，被深深地嵌进了西溪的底蕴。桥面上的小砖、桥栏上的青石条，因为历史一遍又一遍的涤荡，磨砺成了西溪的象征。

无论时光如何不同，八字桥始终以他独居的魅力傲然屹立，静静地横亘在流淌的溪水之上，看着云卷云舒的倒影变化莫测，看着欢快的鱼儿穿梭往来，看着两岸的风景四季更替，看着沧海桑田日月换天，让任何一位史官的笔墨都为之黯然失色。晏溪河波光里的灯光，像是那酿了又酿的陈皮酒一般香糯醇厚，醉了画舫里的笑声；梨木街上的褶子门散发出桐油的清香，三里长街的古栈道上丽人孑然而行，长长的倩影拖曳着记忆的潮水。

而石桥，不为之所动心，醉了也罢，孤独也好，始终静默不语，睿智地看着这一切，任由桥下的流水的味道由咸变淡，任由桥上的人由稠变稀，任由河水夏季充盈冬日形容枯槁，不改自己的一丝模样。

八字桥，站成了西溪一道亮丽的风景线。

水

西溪是水做的。

水是历史研磨的墨，挥洒之处氤氲着厚重的记忆。西溪就是这样，浓墨重彩的记忆，细微到一株草、一朵花、甚至是一粒尘埃，都镌刻着历史的记忆。

西溪，因水得名；西溪，傍水而依；西溪，夹水而生。串场河啊，东台的母亲河，从西溪的外围蜿蜒而去，犹如母亲温暖的怀抱将西溪紧紧相拥在宽厚的胸膛，辞郎河、蚌蜒河正是母亲汩汩而流的乳汁，滋润着这片原本贫瘠不堪的海边不毛之地，而泰东河、通榆河则是母亲身上的牵连精血的动静二脉，一头连着心脏，一头连着她的婴儿——西溪，共同跳跃着生命的乐章，在汲取了来自母亲的一切营养后，水韵西溪凸显出江南女子的婉约与灵韵。

因了母亲河日复一日的忠贞与虔诚，西溪恪守着纯净的灵魂，日夜的向往，奔流到海不复归。西溪始终以理性的承诺、光洁的瓷性、小家碧玉的温润，绽放水莲花般的情愫。

水，成为西溪的图腾。

树

枝丫茂密的老槐树，当他以善良的化身、月老的象征来到西溪的时候，恐怕他自己也没有想到因为自己的千里姻缘一线牵而造成了天上人间、生离死别的一段佳话。

在董永以感天动地的孝行卖身葬父时，一个女人走进了他的生命里。剧情的发展是中国古典式爱情的继承：隔绝红尘的爱情事实上总是纠缠了太多的俗气。七仙女也没有能够免俗。牛郎、短笛，溪水、牧歌，一切的一切在初识情事的仙女眼中是那样的超凡脱俗、不沾尘气。但是当女方的家长以绝决的态度勒令七仙女摒弃一切的幻想回归的时候，仙女还是屈服了。

缫丝井边，摩云庄上，辞郎河畔，舍子头前，跌落的两只绣花鞋替代了咿呀学语的孩子对娘亲的声声呼唤，凤凰池成为董永记忆里的一泓清波，所谓的爱情终究敌不过王母娘娘手中划动的金簪，徒留一生的思念。

而老槐树作为这一切的见证者，他以弱抗强硬是扯起的那根红线，就这样生生被拽断了。树的年轮代表了他的沧桑，可是代表不了他可以预见到结局，无以复加的内疚让他老泪纵横，树汁满身，独自依偎在土地公公的宗庙旁，用现代的连心锁、盟誓牌演绎着新的神话。

不食烟火的爱情，终究是天河的流水飘在空中。

湖

仿佛是上天特别的眷顾一般，仙湖傍园而生，那清澈如镜的浩渺水面，守住了西溪的一切过往。波光粼粼，拍打沙土的岸边，一簇芦苇、一群野鸭、一叶扁舟，在西溪的根须上缓缓拨动着。

远处的樱花开了，近处的桃花粉了；枫树的叶子红了，海棠羞答答地微露出笑脸。树冠宽大的女贞，如同排列整齐的方阵，细数着西溪的点点滴滴。湖面上升腾起如烟似线的水汽，夹裹着各色花香的味道，直直的沁入心的最深处，惬意得每个毛孔都舒张到了极致。倘若摇动一柄桨橹，戏水湖上，堪比当年范蠡和西施泛舟浣水，也不过如此而已。

仙湖的姹紫嫣红和喧闹，与西溪整体的静谧相映成趣。不单单是一面湖水那样的壮阔，还有千姿百态的植物园，还有绿色无公害的有机蔬菜，还有人来人往的休闲健身场所，在古朴的历史边缘，承续着现代农耕文明的香火。

湖水，不经意间成就了西溪壮美的收获。

尾声

　　回眸凝望西溪的时候,已是华灯初上。盏盏升空的孔明灯,照亮了西溪,照亮了历史,也照亮了游子前行的路。广场上婚博会正如火如荼,"小小的新娘花,你是否还记得她?如今的我们早已经长大……"一曲《小小的新娘花》婉转曲折,我不知道,西溪地下的董永以及九天之上的七仙女是否能够听见这首歌曲,但是,我知道的,西溪——东台的发源地、东台的根,正以前所未有的风姿绽放绚丽的色彩!

故乡新街

引子

　　心底，总有一湾柔波，轻轻地拢着故乡的气息，甚至不敢深深地呼吸，生怕不经意之间就会吹走有关于故乡记忆的片段。这些年，当我的身体渐渐离开故乡的时候，内心深处却总是被乡情的那根线牵得隐隐的疼痛，这不得不让我一次次转身回望自己的衣胞之地，在心内的一泓碧水之间荡起涟漪。

　　其实，我走得并不远，故乡离我也不远。故乡东台市新街镇，地处南黄海西岸湿地深处，东拥波澜壮阔的大海，西接里下河平原，南临江海第一门户——南通，北望徐淮大地，自古煮海为盐，风餐露宿。清朝末年南通籍状元张謇北迁民众，废灶垦荒，兴水利、植桑麻、筑高墩、种稻麦、洗盐碱、育棉花，始成集镇。年轻的我，对于同样年轻的新街并没有太遥远的记忆。然而，故乡的点点滴滴，总如同中国画上氤氲的淡墨，在刹那间撩动我思念的不尽愁绪。

方塘河畔

　　蒹葭苍苍，在水一方。从古老的漕运串场河汩汩东来，一路欢歌穿过集镇，日夜滋润着南岸的繁华与北岸的沉寂，灯声桨影里的呢喃，彼岸袅袅的炊烟，此时绵绵的记忆，都在潺潺的流水中洗尽铅华。一侧，大圩横亘沃野、斜倚不语，河坡满目的翠绿，苍虬的意杨倔强地伸展着紫铜色的枝丫，静静的守望一衣带水。那始终生机勃勃的滨河风光带啊，是故乡四季不变的牵挂！

　　荇荇的水草诉说着百年来的惆怅，灰白的芦苇花摇曳着农人收获的梦想。清澈见底的河水，斑驳裸露的两岸。多少年啊，因了方塘河的存在，肆虐的水患绕道而行！多少年啊，因了方塘河的通畅，两岸的麦花开了又落！沧海桑田，斗转星移。河畔的风依旧不改昔日的模样，离人的眼泪一路飘落，世间的景色已非当年！

　　朝霞初升，印染河桥缝间草尖上的露珠，绽放炫目的色彩；渔歌唱晚，余晖洒满簖罾的每一道竹篾，那是母亲呼唤晚归孩子的期盼。河蚬肥硕、河蚌鲜美；河虾剔透，河蟹膏腴。一方水土养育一方人，美丽的方塘河啊，新街的母亲河，多想，一直畅游在你暖暖的怀抱，温馨如初！

九莲禅寺

　　莲生九朵，花开灿烂。青灯古佛，菩提妙法。那映在绿树丛中的寺院，杏黄色的院墙，青灰色的殿脊，苍绿色的参天古木，全都沐浴在清风朝露之中。葱郁遮掩之处，俨然一派净土。该是怎样的一番修行啊，

173

终凝聚成这华严教宗的端庄？多少个日月轮替、晨钟暮鼓、香火缭绕、梵唱不断，大慈啊大悲啊，时间的一切凡俗在此都幻化成入定的观音自在。瞳瞳佛影，矐矐佛塔，巍峨宝殿，静卧的玉佛慈祥地微闭着双目，那是普度众生的妙指莲花啊！

灿灿阳光，被纵横交错的廊檐切割成一束束斜斜的光柱，碎金般洒落满满的庭院。微尘翻滚，平等众生何尝又不是这大千世界里的千万粒尘埃？穿过长长的迂回的长廊，听见风儿在耳边低声的巡游、祈祷。经声如雨啊，一片一片，在屋顶，树梢间，竹丛里，散去，荡开，远逝。时间与空间，在生命缓缓铺开的宣纸上，泼墨前世、今生和未来！

寺内，安详静谧；寺外，潺潺流水。竹岛上疏影横斜、竹影婆娑；方塘河在此轻妙地微微转身，留下一宗美丽的传说。本岛之上，依堤临水，仿若可见昔日的盐民匍匐磕求平安；九岛连环，丹凤朝阳，依稀都是一番国泰民安盛世繁华！在唐诗宋词的呼吸里，寺庙穿越数百年而沉默如斯，所有的喜怒哀乐、悲欣交集，都在那沉重的佛号中湛然明了。"风动心摇树，云飞性起尘"，现实的尘埃里，谁又在书写着如花凡世？

生态苗圃

新街之北，生态源源；方塘之东，万亩苗木。一个世纪以来的孜孜追求，故乡的人民洗盐脱碱，一代代书写着四季不断的绿色长诗。三季花开，四季常绿。村在林中、路在绿中、房在园中、人在景中。花有月季、蔷薇，草有细叶、阔带，树有水杉、意杨，木有青松、紫薇。步入那方天地，恍如置身天然氧吧，细密栅栏衬托着典雅的银杏、绰约的女贞；青砖小桥守望着多彩的栾树、高贵的玉兰；农家院落珍藏着遒劲的黄杨、典雅的罗汉松……故乡的苗木，不仅是一道别样的风景，更是生机盎然的绿色银行，装扮了乡亲们精致的生活。

竹声如萧，悠远神秘的乐曲如水般柔柔倾泻；落英缤纷，娇嫩柔美的花瓣似舞者翩然起舞。远方，陌上，云在笑，花弄影，斑斓的蝶儿翩然起舞；近处，风低语，水无言，鹅黄的桂花直沁心脾。灯花闲落处，满树细碎的紫薇随风徜徉，清新馥郁的幽香扑面而来。"又有清流激湍，映带左右，引以为流觞曲水，列坐其次。虽无丝竹管弦之盛，一觞一咏，亦足以畅叙幽情。"倘若建上一座兰亭，王羲之的风雅亦不过如此罢了。

林间小道，移步换景。沿一条小路，行进而入。两侧是茂密的树木，低垂的树枝，在肩头绽开一片片绿意。目光掠处，红枫点点，装扮着艳丽的色彩。清澈见底的河水，如一条淡绿的丝带静静穿过村庄的长廊那里，泛着柔柔的微光。偶尔，有垂钓的鱼竿，于姹紫嫣红中轻轻抛出鱼钩，在河畔等候着惬意的时光。没有山峰的突兀嶙峋，没有睡石的玲珑诗意。方东万亩苗圃，像和蔼的母亲般淡之若素、不改芳华。

船舶救生

海水无情，生命可贵；船舶救生，呵护安全。曾几多时，星帆点点，潮涨潮落，历史的故乡在铸就着官盐盛世的同时，也饱受着潮水肆虐的煎熬。面对大自然，所有人为的力量都显得那样的渺小，生命在汹涌的大海面前束手无助，甚至无望。千百年啊，乡亲们站在红红的盐蒿地上膜拜大海、祭奠离人，泥泞的滩涂印满跋涉的艰辛，一路洒落遥远的思念。

救生衣，救生筏，救生灯，救生烟火。从手工到自动化，从小作坊到大公司，故乡在一次次的亲人离散的阵痛中裂变——如同雨后春笋般崛起了数十个船舶救生装备制造企业。远航的时光，被先进的船舶救生装备拖曳得很长很长，也被齐全的船舶救生装备守护得平平安安。从此，那耀眼的救生色彩——橘黄，成为新时代故乡另一道亮丽的名片。

生于忧患，止于安乐。滩涂上，乡亲们的姿势依旧站得那样那样的刚强，大海依旧是那样的变幻无常。故乡的船舶救生装备并没有囿于南黄海的滔滔浪声，而是在网络的传递中，悄然走出国门，铺开在大西洋、南极洲的每一艘疾航的船上，给他们带去生命的安全感，那一件件橘黄的救生设备，不啻为他们装上了天使的翅膀，遨游在碧空蓝天。故乡的安详，物阜民丰；世界的安宁，大爱无声。故乡，用绚丽的色彩诠释着这样的含义：每一个生命都是值得尊重的！

尾声

九总养鸡，双洋种韭；东闸大棚，陈文方柿……我不知道还能有怎样的笔墨可以描写故乡日渐的繁华？回眸那一条条灰白的水泥路纵横交错在昔日的泥泞之中，回望那一台台轰鸣的收割机开足马力驰骋在当年的盐碱地上；半片街的市井生活已经在岁月的磨砺中失去光华，通泰路的灯红酒绿却正诉说着故乡的日新月异。那悠悠不尽的新陈河啊，那潺潺不息的潘堡河啊，百年守望、绵绵不断！

故乡新街，新街故乡。她，没有烟雨江南的婉约，也没有白山黑水的壮美；她，没有怀抱大山的伟岸，也没有傲视江海的豪迈。但是，她，始终就像那一坛埋藏了数十年的女儿红，历久弥坚、醇香永远，时不时散发着浓浓的思念，让我在不经意的啜饮中，陷入沉沉的醉意！

春风十里，只为温暖你

　　想到这个题目的时候，我正在餐桌前包春卷。窗外柔柔的春雨淅淅沥沥，室内橘黄的灯光温暖如这个季节的气候。

　　儿子吵闹着要吃春卷。刚好家里有备着的馅儿，下班后就直奔熟悉的小巷。卖春卷皮的大姐热情依旧："大兄弟，又是来半斤？"我点头示意，一声"好咧"在她揭开热气腾腾的炭炉中飘荡。

　　春卷皮都是现做的。大姐用力甩动中右手中的黏稠的面团，仿佛都要脱手一般，再迅速地抓回来，然后在红红的铁板上"滋"的一声，留下一片白色的痕迹，待四周稍稍卷起，左手很快地掀起一角，一挑，一拉，一张手巴掌大小的春卷皮就完成了。每年这个季节都要若干次到这个巷子口买这位大姐的春卷皮。等待的工夫，我与她攀谈起来。

　　"一天甩下来，手腕肯定也累得不行。"在一阵阵白色的雾气中，我找了句话问她。

　　"那肯定是。不过，在家闲着也是闲着，像我二十多年前就下岗了，又没有田地可种，本身又没有什么一技之长，这不，就出来摆了这个小摊，应应时节，挣几个小钱而已。"大姐头也不抬，专心致志地看着面前炭炉上炙热的铁板，面团每摁下去的一下，大小、厚薄都是恰到好处，如果不是经过长时间的历练，是不能达到这样的技艺的。

"你这也是凭本事吃饭呢，换作我，还做不来呢！"我笑着说，白白的水汽让大姐的头发在风中显得有些凌乱，横七竖八地从她有些皲裂的脸颊上掠过。

"大兄弟，你就别逗我了。看你戴个眼镜就是个读书人，哪能做这种苦力活儿？对了，这几天城里有个作家，写了一篇《满城尽是春卷香》，在微信圈都传开了，我们好几个做春卷皮的都看过，你可曾看过？"

我知道她说的这篇文字，是我前年写的一篇散文，这几天不知怎的就被大家又翻出来在传阅。我笑着说："嗯，我看过的。"

"那篇文章确实写得好啊，"大姐看到炉火有些弱了，就用脚尖踢开了炭炉的挡风盖，"特别是写的做春卷皮的那一段，我觉得就是写的我自己。你说，那些作家又没有做过这活儿，怎么写得出来的？"

我苦笑了一声。其实，当初写那篇文字的时候，我就专门观察过大姐做春卷皮的动作、神态，或者说，她自己不知道罢了，她就是我那篇文字中的原型。我突然间想逗逗她："嗯，作家怎么会做春卷皮，我估摸着都是胡掐出来的。"

"不能瞎说哦，"大姐突然停顿了手中的动作，"都写得像真的一样，也写出了我们这些人的辛苦，我这些天收摊回去后，总要从微信里把那篇文章翻出来读读。"

炭炉的火旺了起来，我都能感觉到了热度，她又继续埋头重复中甩面团、摁下去的动作，"我就想的，如果我遇到那个作家，一定要多做点春卷皮送给他。唉，我也快熬到头了，女儿今年夏天就大学毕业了，等她一工作，我就不出来摆摊了。"话语中满是一种期待，就如同渐渐降临的春天的气息，饱含着人们无限的憧憬。

我要的春卷皮很快就好了。"五块三毛钱，你就给五块钱吧。"大姐麻利地称好了，用方便袋包好递给我。我递过去五块钱，她也爽快地收下了。

转身要走的时候，我想了想对她说："其实，我就是你说的那个写春卷的作家。"

"啊？真的？"大姐有些愣住了。

刚好带着身份证，我掏出来冲她晃了一眼。"啊，真的！名字一样哎，你真的是那个作家啊！"大姐有些不知所措了，"那我不能要你钱呢！"她转身到收钱的纸盒里，试图找出我刚刚给她的五元钱。

我摆摆手："怎能？你这本来就是挣的辛苦钱。大姐，春天到了，夏天也就快了，你的苦日子也就快熬到头了。"

"嗯，嗯，谢谢大兄弟，作家说话就是不一样。我的苦日子是快熬到头了。晚上我回去要打电话给女儿，我要告诉她我今天遇到了写春卷的那个作家，就是经常来问我买春卷皮的人。"大姐爽朗的笑声在夜风中飘荡着。

回家的路上，华丽丽的街灯已经开始挨次跳动起来，橙色的灯光铺满了整个街道，刹那间就充盈了内心：喜欢文字是没有职业之分的；相同的文字竟然可以温暖许多陌生人的内心。

窗外，风依旧不动任何声色地吹着。原来，春风十里，只为温暖你，温暖所有的人！

我的诗篇不只用来赞美
——读汪洋诗集《醒来》有感

"醒来/梦回到早晨的空气中/云朵正在开放/一座城正在感染春天的温度"(《醒来》)。这是江苏国土诗人汪洋的诗集《醒来》中题头诗开篇的句子。抄写下这行文字,春天的花香正弥漫着我所在的这座小城。

我与汪洋同属一个地级市、同属国土系统、甚至做着同样的办公室工作,虽未谋面,对于他的才情却早有耳闻。

最初取到书,出于尊敬,略略地翻开了一页,不曾想,就此一瞥,令我心悸:"等你/一笑倾城/那时城中/只我一人"(《倾城》)。断章中,期盼、无奈又博大的情愫交织成懵懂的相思,这该是一种怎样的守候?不忍再读,掩卷沉思,内心一种久违的颤动慢慢在这本淡黄色的书扉间氤氲开来,我知道,我就如同那翻山越岭寻遍人间的茶道者,终于在高山流水之巅觅得一壶上等的好茶。茶,是需要细细地品味。

谁曾想这一读,便是整整一年。读一本书花费了我一年的时间,这之于我是从来没有过的事情,更何况,仅是一本诗集而已。事实上,从

2015年的春天收到汪洋兄寄来的书，到此刻我在初春微霜晨光的鸟鸣中醒来，我才刚刚将这本诗集读完：前后完整的三遍，一些篇章甚至更多遍。

读诗，更多的是读诗人本身。

汪洋对于文字的挚爱，远远超出了一个人对某种凡物的痴迷，他将自己对文字的真诚完全挥洒在诗意的天空，这从《自白》中一眼就可以读出来："当世界彻底陷入绝望／我庆幸／还有纸张／这条洁白的道路／无论一生／怎么度过／我都不会再丢弃／这支笔的拐杖"。书是线装书局出版的，全书分为"翘向天空的飞檐、晨光融化成鸟鸣、虚无的天涯"三辑，收录汪洋近年来创作的诗歌132篇。我总以为对于出版社以及用纸，汪洋该是挑了又挑、选了又选，最终使这本书格式端庄、书色明媚、装帧简朴而又诗意盎然，处处体现出他的那种超然诗情和为人的淡雅。

汪洋的诗，语言美得令人窒息。

如果仅是华美辞藻的装饰，这对于诗歌是远远不够的。汪洋诗句的美，就在于他一草一木、一石一水皆为辞章，毫不吝啬地倾注自己的情感，用一切尽可能调动的语言勾勒内心的汹涌澎湃。在《西湖》边"满地花影／这浅浅的光阴已不在你的手中"，诗中的"香草、美人"乃至"绿绿的湖面""莺声、琴声、钟声"，还有那"粼粼波光"，都在刹那间幻化成飘逸的意象，真实得触手可摸，又仿佛是宫廷画中的仕女不可亵渎一般，令人神往。

诗集的高潮该是在第一辑中的一个特殊的章节，汪洋选择了唐代山水诗人王维的十句诗句作为十首诗歌开篇的向导，并奠定了全诗的基调。从开篇的《鹿柴》到尾章的《栾家濑》，山水浑然一体，诗人的心境一览无遗："与天空一样，时间也没有尽头／云卷，云舒，反而觉得小舟安稳／我只记得你的离去，衣袂飘飘／船舷两侧，卧满白云，和明亮的山峦"（《欹湖》），一个"卧"字，生动形象、跃然纸上，湖边小舟缓缓前行的动态之美与清风徐拂的湖面、相看两不厌的白云、山峦的静态之美交织成一幅宁静的画面，写尽自然之美。在《木兰柴》中，诗人凝视着"黄昏的山谷"，"梦都化身烟岚"，由此可见，诗人的所追求的山水闲情适意铺满了整个诗篇，文字与意象浑然一体。

汪洋的诗，情感表达缠绵悱恻。

从古至今，诗人历来是多情的，这种"情"，有的体现在对家国命运的感怀，有的体现个人情感的宣泄表达上。汪洋是两者兼具有之的。作为七零后的诗人，对于祖国日新月异的变化，诗人不吝笔墨、热情歌颂："芳草的祖国 / 正被晨光打开"（《醒来》），读来酣畅淋漓，在这一刻，不仅是诗人从熟睡的沉梦中醒来，更是我们可爱的祖国历经苦难之后，从亚洲的东方醒来，在地球的第一缕晨光中，接受新一轮的洗礼。诗集的第三辑，汪洋将全部的笔墨都停留在祖国的每一处胜景之上，从灵山、甲秀楼、嘉峪关，到中华龙林园、万佛湖、清凉台，作者游走其间、尽情放歌："等你 / 在水晶的乡愁里 / 春天正用花瓣，为我们 / 铺设一条回家的路"（《写给阳山》），"万物沉静，留下不朽的声音 / 在坚硬的水面，在飞翔的石头中 / 桅杆贴着漆黑的大海上航行 / 黎明的祖国，比泪水更亮，比空气更薄"（《乌云》）。仅有此，远远不能表达汪洋作为一名诗人的情意，汪洋的多情，还体现在他把满目的意象都作为了自己倾诉倾诉的对象："伤感的歌曲 / 唱不出一个欢乐的时代"，《夜色中》写的是作者路过一个KTV时所看、所思、所悟，"路边的灯 / 从来都为别人照亮 / 但它们只能照亮这个世界 / 一部分的疼痛"，作者对于靡靡之音是嗤之以鼻的，为一些人沉浸于纸醉金迷中而感到痛心。但诗人始终向往着美好的追求、柔情万种："草木成长为巫师，花朵成长为天使 / 谜一样的春天 / 爱情在一场雨水中诞生"（《写给春天的情书》）。"我们去看花 / 看三月 / 眼神里的涟漪 / 多少宁静缠绕在鸟声里 / 春天，仿佛翠绿的长裙"（《我们去看花》）；"那山、那水 / 可以悠然地行走 / 也可以和想要遇上的人 / 相遇"(《画》)。即使是在迷蒙的状态，汪洋也不失感叹："我会选择唐/像诗句一样灿烂地行走/我还会驾驭着一叶轻舟/穿越宋词的烟雨来看你"(《醉》)，万般情怀化作绕指柔，如月入水，倾泻满笺。

汪洋的诗，有着痛过之后的领悟。

诗人，是行走着的智者，这种智慧，更多的是对生活的领悟，因而，写出来的诗句是疼痛的。从汪洋的诗句中，能读得出作者曾经的苦难和迷茫。比如"我患上了自闭症/我的城市只嫁接彩虹/我的原野只生长忧患的草木"(《春天被反复书写》)，"我的幸福无处不在/和自尊、屈辱、羞愧、宽容一样存在/我用小小的幸福搬动悲苦/像蚂蚁不知疲倦地搬动生活"(《怎样才能说出幸福》)，"雨中的城市略显迷蒙/怀旧主义者的乡愁/容易被滴穿/我迎着雨，常常走错了屋檐"(《雨天札记》)，在这些诗句中，作者原生态地写出内心的呐喊与呼唤，冲突与矛盾在字里行间凸显，诗人的悲情从纸间遥相可闻。但如果仅是停留在描绘这种苦难与迷惘之间，就显得浅显了。汪洋的诗，难能可贵的是在痛定之后对人生、生活积极的思考和拼搏。比如在《短歌》中，他就肆意地表达了自己的生活态度："心中有芳香的人/才会读懂春天/心中有月光的人/才会珍惜黑夜"。作者在现实的苦难面前表现得大悟大彻："理想是一回事/现实是另外一回事/昨天，我祈求梦想/将我带到远方/现在，我祈求梦想/将昨天的我埋葬"，这是一个诗者的抗争，在这样的诗句中，作者要与过去来一次决裂，期盼将过去的自己彻底"埋葬"，这需要的不仅是严肃的生活态度，更是一种勇气。

汪洋的诗，骨子里透着一种傲气。

诗人，性子中与生俱来是有着桀骜不驯的，这种叛逆更多体现在诗意与平凡生活的冲突之间。比如在《会》中，诗人先是描摹了开会人的形象："走进会场的人/大多长着形式主义的脸"，紧接着，有描写会议过程中的感受："对于椅子来说/每天，屁股都是新的"，既有诗人无奈的感叹，也有着诗人调皮的举动，不过，诗人即使比较不屑于这样的形式主义会议，但也保持着起码的礼貌："在漫长的讲话结束前／你还要保持足够多的耐心"，在冗长的会议进行中，诗人"思考着，如何坐在椅子上／把时间一点一点地蒸发掉"。诗人的内心永远是孤独的，这种孤傲，是对世俗的一种宣战，这从《怀疑》一篇中也可以体味出来："笑容有时也是假的／为了应付，另外的一个笑容／手握在一起／并不代表／心就靠得很近"，在这样的诗句中，作者仿佛要挣脱束缚心灵层层的枷锁，给自己一片翱翔的天空。孑然而行，不改初心，追寻着自己的理想。在《一座庭院的遐想》中，诗人给自己勾画了理想的生活情趣："要赶在日落前坐在溪畔，用溪水洗笔，洗砚／洗洗灰尘，洗洗日子，洗洗心"，"我愿在这深山一直待下去，要将梅的坚贞、竹的谦逊、松的高洁／——嫁接到我的骨骼上"，至此，诗人不羁的心境完全展现了出来。

　　汪洋的诗句，直白中蕴藏着对生活的思索，能够将简单的意象寓意深刻，以至"苍狗浮云都是青花瓷上的胎印"而已，只有内心的歌唱，才是最真实的。

　　读《醒来》，读得更多的是汪洋诗歌中的那种存在感、真实感。"文章合为时而著，歌诗合为事而作"。正如汪洋在《我的诗篇不只用来赞美》中写道："我有瘦削的身影／用来缝补大地上的裂痕／我的诗篇不只用来赞美"。

　　诗人的疼痛，是这个世间共同的疼痛，我衷心祝愿他"醒来"之时，已是一路芬芳、一路欢歌！

少年弟子江湖老
——漫评《明朝那些事儿》中的人性

作家"当年明月"写的《明朝那些事儿》，用舞台剧式的展现手法，深入刻画了从1344年到1644年这三百年间明朝十七帝和其他王功权贵和小人物的命运，被称为"迄今为止唯一全本白话正说明朝大历史"。

细品书中的人物，从王侯将相到奸臣忠良，从庙堂之高到江湖之远，作者用其诙谐幽默的写作手法讲古论今、评述人性，其实质为一部人伦道德的历史演义。

在封建社会的特质框架之下，所有的出场人物都成为历史舞台上戴着面具的演员，无数个不同出身、不同理想的人从这个舞台上走过，无论是皇帝、皇子，还是内阁、大臣，抑或是平民百姓、底层人物，在利益的强大诱惑面前，最后都变得迷茫甚至沦落，所谓社稷、苍生，所谓情操、恩义，"那些事儿"在他们眼里都已经"不算事儿了"。

先来说说朱元璋。这个放牛娃出生、做过几天僧侣的明朝开国皇帝，最初是由于生活窘困而被迫走上了反抗的道路。在参加元末起义之初，朱元璋只想摆脱贫困的境遇，因而他的周围集结了一帮如同他一般的贫家子弟。在连年的征战过程中，权力因素逐渐彰显出来，原本跟他同一战壕的陈友谅、张士诚，随着权力的争斗变成了死敌。他先后在鄱阳湖与陈友谅的"无敌战舰"殊死一搏，在易守难攻的"第一坚城"平江与张士诚斗智斗勇，最终将自己最大的敌人——元朝击败。这个没有读过一天书、没有上过一天学、更没有接受过任何军事教育的社会底层人物，终于登上了权力的顶峰。

不能否认，朱元璋身上具备了常人所没有的果断、坚持、冷静的优秀品质，这能让他在危险的情况下做出最正确的战略判断。"你的就是我的，我的还是我的。"功成名就之后，长夜漫漫，朱元璋仰望星空终于说出了他人性中最为真实的一面。事实上，这种人性中的丑陋在此后的统治中无所不在。为了大明王朝永远姓朱，同时也为自己的下一代铺好道路，他严厉打击、杜绝贪污腐败，夺去兵权、斩杀许多开国功臣，其残酷的刑罚令人望而生畏。但有两点是朱元璋万万没有能够预料到的：一是皇位被自己的儿子——朱棣从孙子朱允炆的手上夺走了；二是从他开始，之后的明朝成为历史上贪污最严重的朝代之一。而这种篡权夺位、腐败泛滥的根源恰恰就是他人性中丑陋的沦陷早就预设好了的。

说完朱元璋，回避不了明成祖朱棣。

朱棣的历史地位可以称作"不是开国皇帝的开国皇帝"。他在父亲朱元璋建国的基础上，谋权篡位夺了侄子朱允炆的皇位，将明朝的发展推向了巅峰，成为万国朝拜的"帝国"。作为国家的统治者，朱棣仁慈和善，爱民如子，处处为百姓主持正义；亲历躬为，战功显赫，长期与常遇春、徐达、傅友德等名将厮混，是一个骁勇善战的军事家。然而，历史不会忘记，朱棣永远是一个双面人，他有着两副截然不同的面孔：在强势的父亲面前，他好像唯唯诺诺、诚惶诚恐；在诸多大臣面前，他看似庸庸无为、浑噩度日。

然而，生在皇家的他内心对权利的崇拜并没有熄灭，皇权的顶峰梦想始终在他内心燃烧着，这让他也时刻为自己有朝一日出人头地而默默地做着准备，因为自己并非是朱元璋将来接班人的培养对象，所以对于朱元璋对太子朱标及其儿子朱允炆的偏爱而变得冷酷，最终在明朝第一阴谋家——道衍和尚的引诱下，走上谋反这条不归路，在历史上留下了浓墨重彩的一幕，也成为特别惊心动魄的皇宫内斗剪影。朱棣身上的残暴来自他对父亲未能传位给他的愤恨，他残暴嗜杀，残忍荼毒一切不服从他的人，这是权力扭曲人性的真实写照。

但是，朱棣的这种无所不用其极的统治手段，却奠定了大明王朝300多年的根基。如果明末的崇祯皇帝能有其十分之一的统治魄力，明朝也断不会消亡在农民起义军手中。

再来说说严嵩和张居正这两个人，一邪一正。

自古正邪势不两立，然而正邪又如同水与火一般始终并列存在着，这是哲学的辩证道理。"当年明月"在行文之中也处处试图努力证明这种辩证关系，比如"……如果你有幸拿到两张铁券，倒也不一定是好事。特别是第一版'开国辅运'，因为据有关部门统计，拿到这张铁券的人80%以上都会有朱元璋同志额外附送一张阴曹地府的观光游览券。此外特别说明：单程票，适用于全家老小，可反复使用多次，不限人数。"这种黑色幽默对于严嵩而言是再符合不过了。严嵩进入官场之初，是怀抱救国救民的理想的，但是黑暗而又不公的朝廷生活让他浸染得失去了最初的雄心壮志，从勾结小太监开始，从吃拿卡要开始，他越来越享受权力带来的成就感和喜悦感，仿佛是一夜之间就开始迷失了自我，"一将功成万骨枯"，有多少人在严嵩的算计中家破人亡、甚至株连九族，这没有最后的结论，但是他"踩着人头"步步高升的历程却是显而易见的。但是严嵩没有想到的是，无论他的权力到达怎样的顶峰，在他的头顶之上始终高悬着一把利剑，这把利剑就是不可一世的皇帝、皇权。在至尊无上的皇权面前，再强势的严嵩也不过是一颗"马前卒"，他的地位预定了他的必然灭亡，一旦他企图挑战皇权的时候，立即就得到了身陷囹圄的下场，这是皇权特性所注定的所有臣子的悲惨命运。

众人评说张居正其人，皆说为忠良之材。事实上，在那个风雨飘摇的大明王朝，谁又能独善其身？进入权力圈子之初，张居正内敛锋芒，在朝廷前辈徐阶面前充装愣头青，韬光养晦，静观其变，一旦等徐阶在血雨腥风中把严嵩搞下去，他又立即调转矛头，与高拱竭尽所能拉拢关系，把徐阶彻底打败。如果说到这个时候张居正仅是为了上位，还依然说得过去。但接下来，他又与兼笔太监冯保套近乎、密谋，最终斗倒了高拱，再进一步解决内阁，当上了唯一的内阁大学士——首辅，甚至还坐上了32人抬的轿子，比万历皇帝出行的规模还大。到此为止，他的人性之劣根性一览无余，那就是为了争夺权力，朋友、战友乃至亲人，都成为他前进路上的绊脚石，他不择手段搬开了一切。因而，最后落得被抄家，只不过是他在重复着被他打压下去的人的命运模式而已。不择手段，成为他在历史上留下的一抹耻辱。

最后再说一说作品中一个看似普通却令人记忆深刻的人物，他就是有着"天下第一布衣"之称的汪文言。

身为东林党的智囊，汪文言虽然无功名、无官职，然而他极尽逢源之能，搞垮了"三党"，拥立了皇帝，外表上看风光无限，实质骨子里他并没有能够叛离庸俗化文人的怪圈与特质，在私底下与阉党关系密切，与"三党"人员也多有往来，甚至经常性地收人钱财、替人消灾。这种双重人性在起初为他赢得了相当的人脉关系，甚至被叶向高任命为内阁中书。但是，封建文人的迂腐并没有随着他的升迁而消殆，在强权的魏忠贤面前，尤其他这个布衣要横插一手切分阉党的利益蛋糕，那下场是显而易见的。在魏忠贤的眼里，吏部尚书赵南星、佥都御史左光斗以及首辅叶向高都不可怕，唯有这个"连举人都考不上"、地位卑微却机智过人的汪文言"神通广大",甚至,连魏忠贤的"中介费"汪文言都敢吃,其结局可想而知。

但是这个虚伪、圆滑、欺骗、一生都在与利益妥协中度过的汪文言,在人生的最后时刻,面对社会的黑暗,却依然选择了"不妥协",在许显纯准备制造假口供时,他发出了怒号:"不要乱写,就算我死了,也要与你对质。"这是汪文言留在世上的最后一句话,这个追逐权位、利益至上的官场"老油条",在人生的最后一刻幡然醒悟,并使自己的灵魂在那一刻受到净化和洗礼,成为了一个正直无私的人,这也成为全书众多人物中人性的亮点。

历史是一面镜子。

读史可以明古今得失,可以察兴亡起伏。《明朝那些事儿》撰写的历史事件前后跨度300年,出场的人物也达到数百个之多。剖析这些人物的人性,其本质还是囿于封建主义特权之下的利益纷争,因而即使是平民阶层,一旦上位之后成为地主阶级,其剥削阶级的本性必暴露无遗,这种人性的劣根性是由当时社会特性、阶级本性所决定的。

当然,历史是由人民来评述的,历史人物的地位也是由人民来决定的。所以,明朝的那些事儿究竟算不算事儿,还应当是由时间来检验,由人民给出最终的评判标准。

永不迷失的家园
——粗谈文学中的乡恋情结

"我来自乡村。"

这是我跟人介绍自己时常常说起的一句话。人过中年、儿女绕膝、事业顺利，对我来说，这样的夜晚应该是睡得很踏实的。不过，我时常做梦，梦境中唯一的场景就是自己曾经生活、工作了三十多年的乡村。

在更多时候，我都记得九年前我从乡下调进城里工作那一刻的感受：我的心被一缕牵挂拉扯得生疼，甚至，迫使我不得不去写下那一缕缕的疼痛，这就有了我笔下的那些乡村物语。这些年，写过山芋，写过荠菜，写过咸菜，写过菱角，写过老屋，还有麦场，以及在那片麦场上日夜劳作的我的亲人。

乡村，不仅是一丝乡愁的存在，更成为我创作中取之不尽的源泉。

在当代文学中，有一个无法回避的话题，就是"地域文学"的显现和张力。有太多的作家，用自己家乡的风物人情，向社会展示独特的人文魅力。

费孝通先生在《乡土中国》的开篇就讲"从基层看去，中国社会是乡土性的"。中国近代文学史上，鲁迅先生应该是开"乡土文学"之先驱者，从阿Q到闰土，以及祥林嫂、杨二嫂等等典型人物形象，无一不是中国乡村的文学"雕塑"。而当代文学史上，从路遥，到贾平凹，莫言，迟子建，乡恋情结的表现形式更多地呈现为田园牧歌与乡土悲歌两种形式。

谈到现代乡土小说作家的乡恋心态，有一个人不能忽略，那就是沈从文了。在现代作家中，说过自己是"乡下人"，并明显表示过对乡土的亲和、对都市的逃离的作家不在少数，但像沈从文这样"执拗"的"乡下人"却不多见。沈从文这样疏离都市，亲和乡野，鄙薄"城市中人"，厚爱乡村灵魂的文化倾向的形式，源于他对乡村、都市的不同理解。沈从文生活创作时的中国都会，几乎无一不表现出畸形发展的"中国味"，这些城市骨髓深处仍是沿袭着数千年的封建文化；另一方面，它又张皇失措、不加选择地接受涵纳了沉靡的西方商业文化。沈从文悟到了造成如此不幸的是"这一个现代社会"。于是，他依了自己心情的导引，去写自己"心和梦"的历史，去营造那片"即或根本没有，也无碍于故事的真实"的心理上的乡村圣土。这"乡土"体现着沈从文对某种文化价值的怀念与执着。

汪曾祺是个衔接现代、当代的作家，他从小受传统文化精神熏陶，曾师从沈从文学习写作。他在创作上很受沈从文的影响。其作品具有平淡恬静、和谐温馨、充满田园牧歌的抒情色彩和天国仙境的梦幻情调。汪曾祺是最早致力于市井乡土小说创作并取得了突出成就的作家之一。汪曾祺的小说充溢着"中国味儿"。他说"我是一个中国人"，"中国人必然会接受中国传统思想和文化影响"。儒、道、佛三家，"比较起来，我还是接受儒家的思想多一些"；不过，"我不是从道理上，而是从感情上接受儒家思想"。正因为他对传统文化的挚爱，因而在创作上追求回到现

191

实主义，回到民族传统中去。在语言上则强调着力运用中国味儿的语言。这是他艺术追求的方向，也是他小说的灵魂。汪曾祺小说还流溢出多种美质，首先在于对我们民族心灵和性灵的发现，以近乎虔诚的态度来抒写民族的传统美德。此外汪曾祺也常常对人性的丑恶发出深沉的喟叹。汪曾祺从小受传统文化精神熏陶。1939年，他在西南联大读书时曾受业于沈从文，他的短篇小说《受戒》与沈从文的《边城》有点相似，都是有意识地表达一种生活态度与理想境界。

作为国土系统中喜欢写字儿的人来说，我更加喜欢的是通过散文式的铺陈，来展现当代乡村与现代城市文明冲突中的那些情结。我所处的城市，与汪曾祺先生的老家高邮相聚百里之遥，在地域归类上同属于苏中里下河地区。前几年，在扬州、泰州新兴起一个文学流派，谓之为"里下河文学"。其实，说得更加直白一点，就是一群乡村的写作者，用乡村的笔调，写着乡村的事物，抒发着乡村的呐喊与突围。

江苏兴化的国土诗人杨玉贵、乡土散文作家徐兴旗，都无一例外地提到了一个名词"衣胞之地"，也许，这就更能诠释所有乡土写作者为何孜孜以求的原因了。因为，在这片土地之上，文化和情感的传承，都远远没有血脉相连那样的传承来得浓烈，这种浓烈是无论身处何处都无法忘记的。

许多时候，我们离乡背井，背起行囊，走进了高楼林立的城市。但是，我们的生活"有了都市的繁华，却没了乡村的诗意"。

的确，太多的现代人蜗居在城里，吃着市场上销售的粮和蔬菜，穿着那些涂满化学元素的衣服，满眼是林立的高楼，和一扇扇睡眼惺忪的窗户，日子长了，就有一种被圈养的感觉，浑身都不自在。于是，坐在偌大宽敞的办公室里，总是一个人发呆；扎在人堆里，心却飞到了僻静的乡间野外。听不见鸟鸣，闻不得雨声，感觉不到爽爽的风声，心里巴不得天天都是周末，好到郊外的田埂上去，走一走，闻一闻泥土的清香。

我深信，每个人的骨子里都有一种与生俱来的乡村情结。这来自故乡那坑坑洼洼的土地和简陋低矮的青瓦小屋，来自那里的太阳、那里的月亮、那里的风、那里的雨、那里的庄稼和小草，以及那里的带刺的野花和那里的没有文化的男人和女人，来自那里的艰辛、来自那里的痛苦，来自那里的寒冷与酷热。

乡恋情结，并不是说我们曾经的故乡就一定是风景如画的世外桃源，并不是说就我们就抗拒和害怕接触现代文明。恰恰相反，最初孕育我们的那一片土地不仅谈不上美，她甚至和我们一样：平凡，普通，甚至是丑陋不堪的。只不过，在那样的土地上，我们和父母手中的庄稼一样，是一棵四季轮回的作物，播种，浇水，拔节，开花，结果。然而，就是在这样的土地上，我们的根须紧紧地扎在这里，享受着乡村独有的空气、阳光，白天、黑夜。

更多时候，我们，只是乡村的一株庄稼罢了。

数千年的农耕文化，传承的不仅仅是一种技艺，更多的是血脉中的那种情愫。乡村简单、朴素、自然、直接的幸福，比钢筋混凝土包围起来的任何一种幸福都来得让人的措手不及，就像农村人劳作累了倒头就睡的那种赤裸裸的情怀，毫无违和感，毫无害羞感。这种快乐是看得见的，透明的，甚至可以触摸到的。包括对收获的喜悦的体验，那稻草的青涩味，麦子的奶香味，应该就是幸福的味道了。

当代作家中有许多人来自乡村，我们把他们习惯称作是"城市外来者"。苏童说："我写的所有的东西，都是我十八岁以前的记忆。"莫言也说过："写了一辈子，没写完一个乡村！"毕飞宇曾谈及乡村文学时说道："我写完了《玉米》和《平原》两部长篇，才觉得自己对得起自己的故乡和童年。"

由于有了城乡两方面的生活体验与观察，接触了城市与乡村两种文化，对于这两种文化，作家们处于一种两难的选择之中。于是作品的题材、立意、人物设置、艺术风貌等方面都会受到了这一两难选择的影响。在他们的文学当中，表现出了与其他作家所不同的特色。这种"城市外来者"身份不仅影响了作家的文学题材选择、价值取向，而且也影响着他们整个文学创作趋向的变化，使这些乡村作家的文学文本呈现出一种由审美对象化到审视自己内心，由外而内的变化态势。而且从这种变化的态势中更体现出作者本身一种相当明显的焦躁、紧张、不安的创作心理。作为一个"城市外来者"，相当多的作家不仅在文学创作上表达出了转型时期中国社会某方面特征与趋势，而且他们的文学中所反映出来的难以忘记乡村的质朴与自然，乡村的演进趋势及特征，也代表了城市与乡村二元对立社会对于城乡都发生关系的冲击。

非常认同一句话："城市，从来都只是乡村的纪念碑。"

在乡土文学创作中，有一个值得重视的现象：苍白矫情的散文作品泛滥成灾，作品传递给我们的，骨子里往往人云亦云的集体趣味，是路数相似、语词雷同、情感老套的"催泪弹"。

曾经读过一篇乡土散文，文章以"我"的立场明确表达了对城市文化价值的认同。以"父亲及乡下伙伴"为参照，"我"庆幸自己走上"完全不同的奋斗之路"；通过对城市的诗意描绘，最终"我"下决心"把所有翻开的日历都当作奋进的风帆"。而对于本该浓墨重彩的乡村文化，作者的态度倾向于怀想与铭记。一方面，乡村作为"养育过我的故土"，"至善至美的人间亲情"的港湾，是审美观照的对象，作者对此作了不少田园牧歌式的诗性铺陈；另一方面，土地作为父亲的"命运"，象征父亲"宽厚淳朴""苦涩""愁苦"的一生，令"我"感动，催"我"奋进。作者既将精神的丝缕牵住已逝的"土地"，又将生命的激情义无反顾地投向未来的"文字"，将文本的情感价值引向迎合公众尺度和集体趣味的标准化抒情，走的是感恩亲情、功成名就、回报父母的老路子。也许，作者对个体心灵在时代的裂变与"乡村—城市"的强烈对撞中所受的煎熬、付出的代价感悟不足，对时代、社会变迁的阵痛体味不透，结果，把父亲受伤、乡村失败的悲歌逆转成自我励志的高调，在公共化情怀——"离别情""父子爱""奋斗志"上，了无新意、不厌其烦地一唱三叹。

  法国作家福楼拜曾要求小说作者不要站在一个无所不知的立场，模仿上帝的口吻说话，把自己的思想或倾向强加给读者。散文，尤其是乡村散文的意义同样在于最大限度地描写真实，再现真实，然而文字本身的主观性往往导致叙述同真实存在如同两条永不相交的平行线。有时，越渴望还原真实，距离真实越为遥远。如果说，这是散文创作难以规避的误区，那么，一味以集体趣味的"感动"作为钥匙和公式图解文本，作为标杆和尺度评判得失的现实阅读，除了收获那些没心没肺的涕泪横流外，离真实人生、人文价值、精神成长，又隔着怎样的千山万水呢？

  作为一个文字的执着者，或应反思，如何通过我们自身深刻的阅读和努力的写作，使我们笔下的文字抵达文学作品的内部，从而从中获取真实的人生体验与价值熏陶。

  这，这里，应当是我们文字追寻者永远不会迷失的家园。

知否知否，应是绿肥红瘦

外面又下雪了。

我知道，你那里，应该早就下雪了。

这几年，我所在的城市很少见到下雪了。尤其是今年的雪，来得有点特别，不早不晚的初春时节，像在某个路口遇见某个人，也是不早不晚，恰好就在，就如同我曾经遇见过你一样。

簌簌的雪落了一夜，滴滴答答的雪珠敲打着窗户，也敲打在我的心上，像绵绵不断的思念，牵牵绊绊的，无法割舍。雪过之后，所有的城市建筑物都在一夜之间披上了银装，高楼、草坪、马路、汽车，看上去毫无区别。其实，雪和时间一样，会遮盖这尘世间的一切美好与丑陋，包括远去的人。

还记得你说，你喜欢下雪的时候。

你还说过，雪是你最好的记忆。

你说这话的时候，已经身在千里之外的北方。一场看似悄无声息的逃离，我明白，其实你是逐梦而去，因为北方有雪。

大四的那个冬季，雪一场接着一场，天仿佛都要下破了。

就在那样雪花漫天舞的场景，你一袭红衣，手捧顾城的诗集，旁若无人地在校园的小道上纵情诵读，身影如同一团火焰，清脆的声音惊得落雪从枝头纷纷掉落，"扑簌"的落雪声夹杂着你鞋底"吱呀"的踏雪声，像在天地间奏响的一首古筝曲，撩动所有行人的目光。

再后来见你，是在文学社的笔会上。你依然是一身红衣，特别引人注目。那一天的笔会，十九支蜡烛的火光一直在跳跃着，十九岁的我们围坐在烛光里，谈文学，谈米兰昆德拉，谈海子和顾城，谈我们的青春。你的笑容映照在忽明忽暗的烛光里，像是画在画上一般。

散会的时候，天又下雪了。一个帅气的男孩子来接你。

众人哗然。还有我，也是哗然者之一。当然，更多的是把祝福的话语送给你。正当青春年少时，尽管内心有万般的情愫萌生，但那真的是很纯很纯的祝福。

你在众人的祝福中腼腆地笑了，那是与窗外的雪一起飞舞的笑啊。你说他老家是北方的。一张雪照，就俘获了你的芳心。

北方，那个一直被雪覆盖着的城市，想着，就是一件美好的事情。

编社刊的时候，读你的诗句，就像是在读你："我愿是／你生命里的那一场雪／即使短暂来过／也要绽放最纯的底色……"

这世界，在你的眼里这般美好。美好得让所有的校刊编辑都不愿意去改动你诗句里的任何一个字。

只是，雪终归是要融化的。

毕业那年初春的那场大雪中，一直来接你的帅气男孩却再也没有出现。听说，他来接你的路上，破冰下河救一个孩子的时候，再也没有能够上来。

我们陪你去送他，送他最后一程。

他的脸，如雪一般白。

你执意要送他回家，你执意要留在那个北方的城市永远陪着他："哪怕不能再见他，但是，我要让他知道，在落雪纷飞的时候，我一直在他的家乡，在他的身边。"

然后，我们都去送你。你给文学社的所有男孩子都送了一条大红色的围巾。雪白的车站广场，围着红围巾的青春是那样的耀眼。

在你悲切的抽泣声中，我们知道了世间有"永远"这个词语。尽管它显得那样沉甸甸的，像离别时的落雪压满枝头。

这些年，一直有你的消息。

特别是下雪的季节，隔着屏幕都能感受到你传递的喜悦："又下雪喽！"只是，你不再写诗。

青春的诗歌，总是专为某个人而存在的。青春不在，诗歌也就不在了。

倒是离别时你送我们的红围巾，依然会在冬季的时候显目地裸露在衣橱里。年轻时，不喜欢招摇，或者说红色太惹眼，不好意思拿出来围。人到中年，牵挂的多了，放不下的也多了。甚至，在每日的油米柴盐酱醋茶中，学会了絮絮叨叨，对一些世俗眼光已经不太在乎。

其实，即使在乎，又能如何？

却应了那句话"试问卷帘人，却道海棠依旧"。